Felix Huby

SCHADE, daß er TOT IST

Rowohlt Taschenbuch Verlag

rororo thriller
Herausgegeben von Bernd Jost

Neuausgabe
54.–61. Tausend April 1999

Originalausgabe
Veröffentlicht im
Rowohlt Taschenbuch Verlag GmbH,
Reinbek bei Hamburg, Januar 1982

Umschlaggestaltung Notburga Stelzer
(Foto: FPG / BAVARIA)
Satz Garamond und
DIN-Engschrift Alternate (PageOne)
Gesamtherstellung Clausen & Bosse, Leck
Printed in Germany
ISBN 3 499 43337 0

Dies ist ein Roman: Handlung und auftretende Personen sind frei erfunden.

Es steht aber zu befürchten, daß einzelne Details hie und da in die Nähe der Realität geraten sein könnten.

Der Autor übernimmt dafür keinerlei Verantwortung.

F. H.

1

Bienzle hatte Schnupfen. Dicht über der Nasenwurzel saß ein Druck, den er auch durch das ständige Massieren mit Daumen und Zeigefinger nicht los wurde. Mißmutig rührte er in seiner Tasse Tee. Gächter, der ihm gegenübersaß, blätterte in einer Akte.

«Diese Art Morde klärt man sofort auf oder nie», sagte er.

Bienzle begann zu niesen.

«Messer in die linke Herzkammer eingedrungen. Gewehrt hat er sich nicht, wenn man den Medizinern glauben darf.»

«Und ihr habt keine Spuren gefunden?» fragte Bienzle.

«Nichts.»

«Na ja, das ist ja zum Glück nicht mehr mein Problem.» Bienzle stand auf.

Gächter sah ihn an. «Es könnte auch ein Fall für dich sein. Bist du nicht an so einer Rauschgiftsache?»

«An einer aussichtslosen, ja.»

Gächter klappte die Akte zu. «Und ich dachte, du seist deswegen gekommen.»

«Ich wollte nur mal wieder bei euch reinschauen», brummte Bienzle.

«Heimweh?»

«Blödsinn!»

«Der Alte hat doch mal so was angedeutet, als ob du zurückkommen könntest.»

«Das ist jetzt kein Thema.»

«Auf jeden Fall lief's zu deiner Zeit besser.»

«Anders halt.»

Gächter gähnte. «Meyer fehlt eben deine Intuition. Kein Computer ersetzt die menschliche Intelligenz.»

«Ich werd nicht anfangen, über meinen Nachfolger zu lästern», sagte Bienzle, «er kann ja nichts dafür.» Er stand zwischen Schreibtisch und Tür. Der Besuch in seinem alten Kommissariat war eigentlich beendet, aber noch konnte er sich nicht entschließen, die restlichen drei Schritte zur Tür zu tun.

«Wohnst du noch in dieser Pension?» fragte Gächter, nur um etwas zu sagen.

«Ich seh mich jetzt nach einer Wohnung um.»

«Ernsthaft?» Gächter kannte den Kommissar gut genug, um zu wissen, daß es wohl bei dieser Absichtserklärung bleiben würde. «Wir könnten mal wieder ein Bier miteinander trinken», sagte er.

«Streng dich nicht an, Gächter. Bis bald mal.» Bienzle ging grußlos aus seinem früheren Dienstzimmer und verließ das Haus.

2

Das Lokal hieß *Istanbul* und war für seinen Geschmack etwas zu schick. An der Decke rotierte eine verspiegelte Kugel, die das Licht der Lampen in schwache Strahlen spaltete und zurückwarf. Hinter der rotgekachelten Theke standen Flaschen in einem Jugendstilregal. Links und rechts der Theke reckten zwei ausgestopfte, ziemlich zerrupfte Flamingos ihre schlanken Hälse. Auf den schwarzen Kaffeehausstühlen saßen fast nur Männer. Einige spielten ein türkisches Brettspiel, wobei sie ihre Würfel geräuschvoll über das Holz trudeln ließen.

Bienzle saß allein an einem der runden Tischchen, ein Glas Wein vor sich. Er hatte den Platz so gewählt, daß er die Theke und den Wirt dahinter im Blickfeld behalten konnte.

Der Wirt erwiderte gelegentlich Bienzles Blick. Er hatte ein schmales, dunkles Gesicht, das durch einen schwarzen

Kinnbart noch länger wirkte. Geschickt hantierte er mit Gläsern, Flaschen und den hochbeladenen Tellern, die durch eine Durchreiche hinter der Theke geschoben wurden.

Je länger Bienzle saß und den Wirt beobachtete, um so fahriger wurden dessen Bewegungen. Immer häufiger schaute er auf die Uhr.

Bienzle hatte ziemlich genau zwei Stunden so gesessen, als drei Männer das Lokal betraten. Sie blieben kurz stehen, musterten die Gäste. Wenn sie ihn als Polizisten erkannten, würden sie das Lokal sofort wieder verlassen. Bienzle starrte in sein Weinglas und hob den Blick erst wieder, als die drei die Theke erreicht hatten.

Der Wirt schenkte drei Gläser voll und schob sie den Männern zu. Dabei sprach er leise auf sie ein. Einer von ihnen sah verstohlen zu Bienzle herüber. Im gleichen Augenblick erhob sich der Kommissar und ging zur Theke. Er legte seinen Dienstausweis zwischen die Gläser und sagte:

«Würden Sie sich bitte ausweisen!»

«Tut uns leid», sagte ein kleiner Feister, offensichtlich der Anführer, schnell, «wir haben unsere Ausweise nicht dabei.»

«Sie wissen also auch, wie es in den Taschen der anderen Herren aussieht?»

Der Wortführer sah Bienzle nur stumm an.

Bienzle sagte: «Darf man fragen, was Sie hier wollen?»

«Ein Glas trinken, wie die meisten hier.»

Der Kommissar musterte den Mann. Er war gut einen Kopf kleiner als er selbst. Das runde Gesicht hatte eine ungesunde gelbliche Farbe. Die Nase war fast platt. Die Haare hatte er mit Hilfe einer fettigen Masse fest an die Kopfhaut geklebt. Die hellen, sehr aufmerksamen Augen wollten nicht recht in das feiste Gesicht passen. Sie waren flink und schienen daran gewöhnt, sich nichts entgehen zu lassen. Der dicke Körper saß auf zwei zu kurzen Beinen.

«Ich hab da andere Informationen», sagte Bienzle.

Der kleine Mann hob nur unmerklich die rechte Augenbraue und warf dem Wirt einen schnellen Blick zu.

«Nicht von ihm!» Bienzle deutete mit dem Daumen auf den Wirt.

Der Kleine goß seinen Schnaps hinunter und legte Geld auf die Theke.

«Kassieren Sie heute nicht?»

«Ich verstehe nicht.»

«Sind Sie Türke?»

«Ja, aber ich lebe seit fünfzehn Jahren in Ihrem Land.»

«Mhm», machte Bienzle. «Sie sprechen gut Deutsch.»

Die beiden Begleiter des kleinen Türken bewegten sich langsam vom Tresen weg Richtung Tür.

«Freunde von Ihnen?» fragte Bienzle den Wirt und nickte zu den beiden hinüber.

«Ich kenne sie, aber nicht besonders gut.»

«Landsleute?»

«Nein; einer ist Jugoslawe, der andere Grieche.»

«Tja», sagte Bienzle unbestimmt, «ich will Sie nicht aufhalten.» Er ging an seinen Tisch zurück.

Die drei Männer hatten das Lokal verlassen, noch ehe er sich wieder gesetzt hatte.

Ein schmaler, auffallend kleiner Mann erhob sich von einem Tisch in der gegenüberliegenden Ecke des Lokals. Sein Weinglas hielt er in der rechten Hand. Bienzle sah ihn auf sich zukommen und rückte den freien zweiten Stuhl an seinem Tisch zurecht. Der zierliche Mann setzte sich und sah den Kommissar aus seinen dunklen Augen fragend an.

«Ich denke, ich hab sie ein bißchen beunruhigt», sagte Bienzle.

«Was soll das bringen?» fragte der andere.

«Sie müssen Fehler machen, anders kommt man ihnen nicht bei.»

«Keine sehr offensive Methode.»

«Nein», sagte Bienzle knapp.

Der zierliche Mann schob Bienzle unauffällig einen Zettel zu. «Das sind die Lokale, die heute noch dran sind.»

Bienzle legte die Hand auf den Zettel. «Sie sollten vorsichtiger sein, Herr Poskaya», brummte er.

«Wenn wir immer nur vorsichtig sind …»

«Ihnen geht's doch nicht schlecht», meinte Bienzle. «Schöner Job bei der Gewerkschaft, Nebeneinkünfte als Gerichtsdolmetscher und als Journalist …»

«Sie können das wohl nicht verstehen. In diesem Land ist man eben nicht gewohnt, sich um andere zu sorgen.»

Bienzle sah den Türken ruhig an. An der Art, wie er Deutsch sprach, war noch immer zu erkennen, wie er es einmal gelernt hatte: aus Büchern. «Trotzdem», sagte Bienzle, «Sie gefährden sich, und ich kann Sie nicht schützen.»

«Es ist auch eine politische Frage», sagte Poskaya. «Das Geld fließt zu einem großen Teil den Faschisten zu. Auch das aus dem Rauschgiftgeschäft.»

«Sagten Sie nicht, daß als Kopf der Bande ein Deutscher vermutet wird?»

«Das ist kein Widerspruch. Es soll auch noch, oder schon wieder, deutsche Faschisten geben.»

Bienzle erhob sich ein wenig schwerfällig. «Ich werd jetzt mal die anderen Läden auf Ihrem Zettel abklappern.»

Poskaya nickte und lächelte. «Machen Sie sich keine Sorgen um mich, mein Freund.»

Dieses «mein Freund» hallte in Bienzles Gehirn nach, als er durch die nächtlichen Gassen der Stuttgarter Altstadt ging. Es hatte geregnet. Das Pflaster war naß und spiegelte das Licht der Straßenlampen matt wider. «Mein Freund …»

Bienzle wäre gern mit Vural Poskaya befreundet gewesen. Der kleine, zähe Mann gefiel ihm. Er hatte ihn schon in verschiedenen Situationen erlebt: im Streit mit deutschen Vermietern, die türkischen Gastarbeitern Wuchermieten abverlangten; bei Gewerkschaftsversammlungen, bei Demonstrationen. Wenn Poskaya redete, riß er seine Landsleute mit, wenn er mit Chefs oder Vermietern verhandelte, erwies er sich als flexibel und ausdauernd. Bienzle kannte ihn auch von einer anderen Seite. Er hatte an einigen Abenden in Poskayas kleiner Wohnung gesessen, Raki getrunken und den Geschichten und Gedichten des Türken zugehört. «Mein Freund ...»

Und er hatte Poskaya überredet, Informationen für ihn zu sammeln.

Bienzle studierte unter einer Laterne den Zettel. *Türkische Taverne* hieß das Lokal, das als nächstes notiert war. Er kannte die Kneipe; sie lag zwei Gassen weiter, dicht hinter der Leonhardskirche.

3

Daß er sich zuviel Zeit gelassen hatte, erkannte Bienzle sofort, als er in die Leonhardsgasse einbog. Vor der Taverne stand eine Gruppe von Leuten, die alle den Kopf der Kneipe zugewandt hatten, wie Menschen, die gemeinsam einen Film verfolgen.

Der Film lief hinter den gelben Butzenscheiben als eine Art Schattenspiel. Man sah die Umrisse von Körpern, die, wie es schien, schnell eine schwere Arbeit verrichteten, Stühle aufhoben und zerschmetterten, mit Gegenständen um sich schlugen und warfen.

Bienzle faßte automatisch unter seine Jacke. Aber das hätte er sich sparen können; er trug seine Dienstpistole nur selten bei sich. Auch heute war er unbewaffnet. Er zog die Schultern hoch. Plötzlich war ihm kalt ... Er kannte das; seine Angst überwand er nur, wenn seine Wut groß genug war, um die Angst zu verdrängen. Jetzt ging er schnell auf die Taverne zu, bahnte sich einen Weg durch die Neugierigen und riß die Tür auf.

Das erste, was er sah, war ein alter Mann, der mit ausgebreiteten Armen wie gekreuzigt an die Rückwand des Lokals gepreßt stand und dem die Tränen aus den Augen rannen. Erst danach registrierte er die drei Männer, die mit Stuhlbeinen und Flaschen um sich schlugen und warfen.

«Aufhören – Polizei!» brüllte Bienzle.

Die drei Männer hielten inne. Ein groteskes Bild. Der Film war plötzlich angehalten. Der kleine, fette Türke, mit dem Bienzle im *Istanbul* gesprochen hatte, hielt hoch über dem Kopf einen zerbrochenen Stuhl. Die Lehne war abgeknickt und pendelte hin und her, als hinge sie an einem letzten Faden.

Der Türke rief etwas. Die beiden anderen rannten auf Bienzle zu, immer noch ihre Schlagwerkzeuge in den Händen. Bienzle griff noch einmal unter die Jacke, dorthin, wo sein Pistolenhalfter eigentlich sitzen sollte. Mit Absicht diesmal. So, wie er es hundertfach geübt und fast nie im Ernstfall getan hatte. Die Geste wirkte: die beiden Männer reagierten sofort. Einer von ihnen bellte ein fremdländisches Wort. Sie sprangen zur Seite, duckten sich, rannten blitzschnell links und rechts an Bienzle vorbei und auf die Straße hinaus.

Ihr Anführer setzte den zerbrochenen Stuhl ab und grinste. Bienzle stand unbeweglich. Der alte Mann ließ langsam die Arme an der Wand herabgleiten.

Der schwarzhaarige Türke hatte plötzlich ein Klappmesser in der Hand und ließ es aufspringen. Dabei bewegte er sich langsam seitlich auf eine schmale Tür zu, über der *Toilette* stand. Bienzle schnitt ihm den Weg ab. Draußen hörte man eine näher kommende Polizeisirene.

«Aus dem Weg», sagte der Türke.

«Nein», sagte Bienzle.

«Ich stech dich nieder.»

Bienzle spürte die Kälte, die in jede Zelle seines Körpers drang. Er starrte den Türken an, unfähig, sich zu bewegen. Der Türke machte zwei Schritte auf ihn zu.

«Sie werden nicht weit kommen», sagte Bienzle lahm.

«Weg!» zischte der Türke.

Bienzle wiegte den schweren Kopf hin und her.

Der alte Mann hatte sich von der Wand gelöst und kam nun langsam näher. Er bewegte sich wie in Trance, griff ohne hinzusehen ein Stück Holz, das auf einem Tisch lag, hob es über den Kopf und schlug zu. Der kleine Türke sackte lautlos zusammen. Der alte Mann stieg über ihn hinweg und ging auf Bienzle zu. Wieder hob er das Holz, holte aus, schlug zu. Bienzle wich aus und fing den Mann auf, der vom Schwung des Schlages nach vorn gerissen wurde.

«Ruhig!» brummte Bienzle.

Die Tür wurde aufgestoßen; zwei uniformierte Polizisten kamen herein. Sie hatten ihre Waffen gezogen.

«Waffen sichern!» brüllte Bienzle auf alle Fälle.

Die beiden gehorchten. Sie hatten tatsächlich entsichert gehabt.

«Was machen Sie denn hier, Herr Bienzle?» fragte der ältere der beiden.

«Euer Drecksgeschäft», brummte der Kommissar.

Während die beiden Uniformierten dem Türken Handschellen anlegten, schenkte Bienzle einen Schnaps ein und reichte ihn dem Wirt.

«Wie ist es dazu gekommen?» fragte er.

Der Wirt, der noch immer wie benommen wirkte, sagte leise: «Ich nicht zahlen.»

«Aha.»

«Ich ja wollen, aber nicht können.»

«Wieviel sollten Sie denn bezahlen?»

«Vierhundert.»

«Jeden Monat?»

«Ja, jeden Monat vierhundert.»

«Kennen Sie Vural Poskaya?»

«Jeder Türke kennen.»

«Er ist ein Freund von mir», sagte Bienzle und fühlte sich ein wenig unbehaglich dabei.

Der alte Wirt nickte, als ob er das schon wisse.

«Kennen Sie die Leute, die das Geld bei Ihnen kassieren?»

Der Blick des Alten ging unsicher zu seinem dicklichen Landsmann, den die Polizisten mit den Handschellen an ein Heizungsrohr gefesselt hatten. Ein Blutgerinnsel kam aus dem dichten schwarzen Haar hervor und führte in einer Zickzacklinie zum Kinn.

«Wir brauchen einen Krankenwagen», sagte Bienzle.

Der gefesselte Mann sagte schnell etwas auf türkisch. Der alte Wirt schrak zusammen.

«Nun?» fragte Bienzle. «Kennen Sie die Leute?»

Der Alte schüttelte den Kopf. Bienzle stand auf und ging zu dem Gefesselten. Er griff in dessen Brusttasche und zog eine Brieftasche heraus. Neben den Tageseinnahmen enthielt sie auch einen türkischen Paß auf den Namen Ismail Önökül, eine Liste von Lokalen und andere Notizzettel.

«Na, dann werden wir uns das da mal übersetzen lassen», brummte Bienzle.

«Von Poskaya, dem Schwein, was?» sagte der Türke.

Bienzle holte aus, ließ den Arm aber fallen, als sein Blick auf das blutverschmierte Gesicht des Türken fiel.

4 Bienzle ging zu Fuß zu der Pension, in der er wohnte, seitdem er sich von seiner Frau getrennt hatte. Wie immer, wenn er sich dem Haus näherte, verlangsamte er seine Schritte. Er wohnte ungern hier, aber er war zu phlegmatisch, um sich nach etwas anderem umzusehen. Sehr behutsam schob er den Schlüssel ins Haustürschloß. Seiner Wirtin war zuzutrauen, daß sie auch um diese Stunde noch aus ihrem Schlafzimmer kam, um ihn aufzuhalten. Sie würde dann einen rosafarbenen Morgenrock mit rot abgesetzten Rosen tragen – gewollt nachlässig zugeknöpft.

Er schaffte es, ungeschoren an ihrer Tür vorbeizukommen. In seinem Zimmer warf er sich angezogen aufs Bett. Er schaute auf seine Armbanduhr: kurz nach zwei ... Sollte er Hannelore noch anrufen? Sie hatte sich daran gewöhnt, daß er sich zu den ungewöhnlichsten Zeiten bei ihr meldete, und sie hatte sich noch nie darüber beklagt. Er war zu müde. Er nahm sich vor, sie beim Frühstück zu überraschen. Das war sein letzter Gedanke, bevor er einschlief.

Er wachte in der Nacht nur einmal kurz auf, weil er glaubte, Schritte und ein ungewöhnliches Scharren zu hören, aber die Geräusche konnten auch Teil eines Traumes gewesen sein. Er hatte mit Hannelore vor einem kleinen, ganz aus Holz und Glas gebauten Haus gestanden und mit dem Architekten über den Einbau eines Atombunkers diskutiert ... Doch noch bevor er weiter darüber spekulieren konnte, war er wieder eingeschlafen.

Ein gellender Schrei weckte ihn. Es war schon hell. Bienzle sprang aus dem Bett und war übergangslos wach. Er fuhr in die Schuhe und rannte zum Fenster. Der Schrei hielt an – ein hoher, gellender, singender Ton, nur von ganz kurzen Pausen des Atemholens unterbrochen.

Seine Wirtin stand im Garten. Sie hielt beide Hände flach gegen ihre großen Brüste gepreßt. Ihr Mund war weit aufgerissen und nach oben gereckt – ein unnatürlich großes rotes Loch in einem schneeweißen Gesicht. Bienzle konnte nicht sehen, was die Frau so erschreckt hatte, denn zwei Kirschbäume und allerlei Buschwerk verwehrten den Blick in den Garten.

«Was ist denn los?» rief er. Aber die Frau schrie weiter.

Knurrend machte er sich auf den Weg durchs Treppenhaus. Wahrscheinlich war ihr eine Ratte in den Weg gelaufen, als sie die Zeitung holen wollte, die der Bote in der Regel zwischen zwei Latten des niedrigen Gartenzauns steckte ... Er trat in die taufeuchte Morgenluft hinaus.

«Ist ja gut», murmelte er in einem Ton, wie ihn Stallburschen gegenüber nervösen Pferden anschlagen.

Der grelle Ton brach ab. Der Mund der Wirtin klappte zu; sie streckte ihren rechten Arm aus und zeigte mit einem langen Finger, der zitternd hin und her fuhr, unter den einen Kirschbaum, dicht am Zaun. Bienzle drückte sich auf dem schmalen Gartenweg an ihr vorbei, um ja keinen Fuß in eines der fein geharkten Beete zu setzen.

Vural Poskaya saß gegen den Zaun gelehnt. Aus seiner Brust ragte ein eleganter silberner Messergriff. Die Augen des kleinen Türken waren weit offen und starrten Bienzle an. Seine Hände lagen flach auf den Knien, die er leicht angewinkelt hatte. Dort, wo das Messer in die Brust gestoßen war, sah man einen fast kreisrunden Blutfleck.

Bienzle stand einen Meter vor ihm. «Mein Freund!» sagte er leise.

«Was? Das ist ein Freund von Ihnen?» Die Stimme der Zimmerwirtin hatte einen hysterischen Klang.

Bienzle ging vor Poskaya in die Hocke und faßte nach seinem linken Handgelenk. «Tot», murmelte er und spürte, wie die Verzweiflung in ihm aufstieg. Sehr langsam erhob er sich und ging quer durch den Garten zum Haus zurück.

«Herr Bienzle, meine Beete!» schrie die Wirtin entsetzt.

Bienzle rief Gächter an.

Zehn Minuten später traf die Mordkommission mit einem Spezialwagen für Tatortaufnahmen ein. Die Beamten schwärmten aus. Der schöne Garten litt sehr darunter.

Bienzle hatte die Kollegen nur mit einem Kopfnicken begrüßt und war dann in den kleinen Frühstücksraum gegangen. Er hatte sich Kaffee eingegossen und ein Hörnchen mit Butter bestrichen. Gedankenverloren aß er. Sein Blick hing die ganze Zeit unverwandt an einem leicht verblichenen Bild, das auf einem Vertiko stand und einen Soldaten darstellte. Über eine Ecke des Bildes zog sich ein ehedem schwarzes Band, das nun staubig und grau aussah.

Seine Wirtin kam herein und stellte einen Koffer neben Bienzles Stuhl. «Ich habe Ihre Sachen gepackt», sagte sie.

Bienzle sah erstaunt auf. «Ja, was ...»

Die Wirtin fuhr fort: «Sie wissen, Sie waren mir immer sympathisch, und wir ... Ich meine, aus uns zwei ... Aber so etwas hätte mein verstorbener Mann niemals geduldet. Niemals! Und ich dulde es auch nicht.»

Bienzle sah sie an. Wie immer hatte sie ihr rotgefärbtes Haar in vielen kleinen runden Kringellocken hochgetürmt.

«Was dulden Sie nicht?»

«Das wissen Sie genau.»

«Leichen im Garten», sagte Bienzle bitter.

Sie legte wortlos einen Zettel auf den Tisch und ging hinaus. Es war eine Abschlußrechnung.

Gächter kam herein. Er war das Gegenstück zu Bienzle: überschlank, geradezu dürr, schlaksig in allen seinen Bewegungen; sein scharf geschnittenes Gesicht mit der Adlernase wirkte immer lauernd, seine Augen verloren fast nie ihren mißtrauischen Ausdruck.

«Du kennst den Toten?» fragte er Bienzle.

Bienzle nickte.
«Türke, nicht wahr?»
Bienzle nickte wieder.
Gächter lehnte sich, wie es seine Art war, gegen den Türbalken. «Ein Türke mehr oder weniger …»
Bienzle sah ihn an. Unwillkürlich stieß sich Gächter von dem Türbalken ab.
«Verzeihung, war nicht so gemeint», murmelte er.
Bienzle stand auf. Seine Stimme hatte einen ungewöhnlichen Klang. Damit müßte man Glas schneiden können, dachte Gächter.
«Er war ein Freund», sagte Bienzle. «Zuverlässig, anständig, gescheit …» Er machte eine Pause. «… und mutig.» Er griff nach seinem Koffer.
«Du ziehst aus?» fragte Gächter.
Bienzle ging wortlos an ihm vorbei. Im Garten blieb er kurz stehen. Kriminalinspektor Haußmann war wie immer eifrig dabei, Details zu notieren.
«Haußmann!» rief Bienzle
Der junge Mann fuhr herum. «Herr Hauptkommissar?»
«I heiß immer no Bienzle … Den Bericht will ich um elf auf meinem Tisch!»
Bienzle stapfte wortlos aus dem Garten. Gächter schlenderte aus dem Haus.
«*Er* will meinen Bericht …» sagte Haußmann verblüfft.
«Aha.» Gächter bohrte mit dem Nagel des kleinen Fingers in den Zähnen.
«Aber er ist doch gar nicht mehr zuständig.»
Gächter sah den jungen Kollegen an. «So was ändert sich oft über Nacht. Der Bienzle ist ein Dickschädel, und wenn er den Fall will, kriegt er ihn auch. Und daß er ihn will, ist so sicher wie das Amen in der Kirche.»
Bienzle war die schmale, abschüssige Gasse schon ein gan-

zes Stück hinuntergegangen. Gächter trat an das Gartentor und sah der massigen Gestalt nach, die so ging, als ob sie viel mehr als nur einen schweren Koffer zu tragen hätte. Der Blick Gächters hatte plötzlich einen Anflug von Zärtlichkeit.

5

«Ich kaufe nichts!» rief Hannelore fröhlich, als sie Bienzle mit dem schweren Koffer vor der Tür stehen sah.

«Kann ich reinkommen?» fragte er ernst.

Hannelore Schmiedinger kannte ihn gut genug, um sofort zu begreifen, daß etwas Schwerwiegendes vorgefallen sein mußte. Bienzle stellte seinen Koffer unter der Garderobe ab und nahm Hannelore fest in die Arme. Für einen Augenblick schien es, als ob er bei ihr Halt suche. Sie standen eine ganze Weile so, ohne sich zu küssen, ohne sich zu rühren. Dann glitt Hannelores Hand über seinen Rücken hinauf zu seinem Nacken. Er sagte in ihre Haare hinein:

«Sie haben Poskaya erstochen!»

Hannelore fuhr zurück. «Nein!»

«Doch. Und sie haben ihn in den Vorgarten meiner Pension gesetzt.»

«Ich mach uns einen Kaffee.»

Bienzle setzte sich in der Küche auf einen der beiden schmalen geflochtenen Stühle an das kleine Frühstückstischchen. Während Hannelore den Tisch deckte, erzählte er ihr von seinen Erlebnissen am vorausgegangenen Abend.

«Und du glaubst, daß der Mord mit gestern abend, beziehungsweise heute nacht zu tun hat?» fragte Hannelore.

«Da gibt's wohl keinen Zweifel.»

«Und jetzt?»

«Jetzt geh ich erst mal zum Chef und verlange meinen alten Job zurück.»

«Das hab ich nicht gemeint.»

Bienzle mußte niesen. Er fröstelte. «Eine Grippe kann ich mir jetzt nicht leisten.»

«Willst du hierbleiben?»

«Wenn's dir nichts ausmacht ...»

Sie ging nervös in der schmalen Küche auf und ab. Das Haar trug sie wieder so lang wie damals, als er sie kennengelernt hatte. Sie war Zeugin in einem Mordfall gewesen und dann angeschossen worden. Bienzle war damals noch verheiratet gewesen – eine gleichgültige, abgenutzte Ehe. In Hannelore hatte er sich nahezu übergangslos verliebt, aber da er sich nicht vorstellen konnte, daß ihr mit ihm ähnliches widerfahren könnte, hatte er sich lange nicht mehr gemeldet.

«Es macht mir etwas aus», sagte sie leise.

Bienzle hob sein breites Gesicht und sah sie unter buschigen Augenbrauen hervor forschend an.

Hannelore sagte schnell: «Du weißt, ich hab dich lieb ...»

Bienzle sagte nichts; er wartete.

Sie hatte die Hände gefaltet und rieb die Handflächen nervös gegeneinander. «Ich ertrage zu große Nähe nicht. Und ich fürchte mich ...»

Sie stand jetzt hinter ihm, umfaßte mit beiden Händen sein Kinn und drückte seinen Kopf an ihre Brust.

«Kannst du das verstehen? Ich habe noch nie mit einem Mann zusammengelebt. Der Gedanke, daß alles bei uns Gewohnheit werden könnte ...» Sie brach ab und gab seinen Kopf frei.

«Ja», sagte Bienzle nur. «Ich werd was anderes finden.»

«Beleidigt?»

«Nein, nein! Das ist etwas, was ich respektiere.» Er versuchte, die aufkeimende Enttäuschung niederzukämpfen. «Was zwischen uns ist, müßte sogar noch mehr aushalten», setzte er linkisch hinzu. «Und es tut mir auch ganz gut, wenigstens eine Zeitlang mal unbehütet zu leben.»

«Danke, Ernst.» Sie lächelte. «Für die nächsten Tage kannst du natürlich hierbleiben.»

«Mal sehen», sagte Bienzle unbestimmt und stand auf. «Viel Zeit wird mir der Fall sowieso nicht lassen.»

6

Im Polizeipräsidium ging Bienzle sofort zum Zimmer des Präsidenten. Karl Hauser war, wie er, einst auf das renommierte Eberhard-Ludwigs-Gymnasium gegangen; Bienzle bis zur mittleren Reife, Hauser bis zum Abitur. Sonst hatten sie nicht allzuviel gemeinsam, wenn man einmal davon absah, daß beide in kritischen Situationen in breites Schwäbisch verfielen und daß sie die gleichen Weinsorten liebten.

«Der Herr Präsident ist nicht zu stören», sagte die ältliche Sekretärin im Vorzimmer. Sie trug einen scharf plissierten schwarzen Rock und eine hochgeschlossene weiße Bluse. Als Bienzle den Raum betreten hatte, war sie aufgesprungen und hatte vor der Tür zum Chefzimmer Posten bezogen.

Bienzle sah sie finster an, ging dann an ihren Schreibtisch, drückte auf den Knopf der Gegensprechanlage und sagte: «Hier ist Bienzle. Wär's nicht wichtig, würd ich nicht stören.»

«Komm halt rein», tönte es aus dem Lautsprecher.

Die Sekretärin machte Platz. Bienzle ging auf die Tür zu, blieb aber noch mal stehen. «Trägt man das wieder?» fragte er.

«Wie bitte?»

«Plisseeröcke. Das ist doch so ein Geschäft mit dem Bügeln.»

«Daß Sie so was wissen!» Ein Hauch von Rot huschte über das Gesicht der Chefsekretärin.

Karl Hauser wies jovial auf die Sitzecke, die schon seit fünfundzwanzig Jahren diesen Raum zierte. Abgewetzte blaue Sessel gruppierten sich um einen häßlichen ovalen Tisch mit einer schwarzen Schieferplatte. Bienzle setzte sich, zog eine Zigarilloschachtel heraus und bot sie dem Präsidenten an. Hauser bediente sich. Er war einen halben Kopf kleiner als der hochgewachsene Bienzle. Er hatte ein rotes, frisches Gesicht, sauber gescheitelte und gleichmäßig gewellte graue Haare, und er trug seit neuestem Schneideranzüge, um den anschwellenden Bauch besser zu kaschieren.

«Wo brennt's?» fragte er.

«Hast du vom Mord an Poskaya gehört?»

«Natürlich.»

«Man hat die Leiche in den Vorgarten meiner Pension gesetzt.»

«Ich weiß, Gächter hat mich bereits unterrichtet.»

«Hat er dir auch gesagt, daß Poskaya mit mir zusammengearbeitet hat?»

«Ich hab mir so etwas gedacht.»

«Er war ein ungewöhnlicher Mann.»

«Wenn du es sagst ...»

«Ich weiß es. Ich hab ihn gut genug gekannt.»

Hauser stieß kleine Rauchwolken vor sich hin und sah zu, wie sie sich über der schwarzen Tischplatte zu einer Nebelbank ausbreiteten. «Du arbeitest an einem Spezialauftrag?» Es klang eher wie eine Feststellung als wie eine Frage.

«Organisiertes Verbrechen, ja.»

«Vor zehn Jahren hat man an so was in Stuttgart noch nicht mal im Traum gedacht», sagte Hauser. «Jetzt sieht's anders aus ...» Er sah Bienzle nachdenklich an: «Und jetzt?»

«Ich werd den Fall übernehmen!»

«Aha.»

«Lieber noch würde ich ...»

«Ich weiß, du willst wieder deine alte Mordkommission.»

Bienzle nickte bedächtig. «Ich kann dir nicht versprechen, daß ich nicht wieder nach meinem eigenen Kopf vorgehe, aber ich würde mich bemühen, es nicht zu tun. Und außerdem – so dumm bin ich nicht, daß ich nicht wüßte, wo der Unterschied zwischen mir und meinem sogenannten Nachfolger liegt.»

«Meyer ist ein hochqualifizierter Mann.»

«Dann lob ihn doch einfach die Treppe rauf oder lob ihn weg.»

«Bienzle!» Aber die Empörung war gespielt.

«Also, was isch? Drei Jahr lang hab ich den Geherda gmacht, den Laufburschen.»

Hauser blinzelte und drückte das Zigarillo wie eine Zigarette im Aschenbecher aus.

«Du lernsch's nie», brummte Bienzle.

«Was?»

«Daß Zigarre von selber ausgehet – das ist wie bei manche Kriminalbeamte.»

«Also gut», sagte Hauser, «statistisch warst du erfolgreicher.»

«Die Statistik interessiert mich nicht.»

«Aber mir liefert sie Argumente», sagte Hauser.

«So isch's, wenn mr bürokratisch Karriere macht, dann braucht mr d' Statistik.»

Hauser lächelte. «Glaub bloß nicht, daß ich's nicht auch für dich mach!»

Bienzle war ein bißchen verlegen.

7 Bienzle schämte sich, daß er sich so darüber freute, sein altes Zimmer wieder beziehen zu können; der Anlaß dafür war traurig genug. Gächter saß auf dem Fensterbrett und ließ die Absätze gegen die Heizung baumeln. Bienzle sortierte mit bedächtigen Bewegungen seine Habseligkeiten in den abgenutzten gelblichen Schreibtisch. Haußmann kam durch die Tür. Er trug einen Stapel Akten unter dem Arm und legte sie auf Bienzles Tisch ab. Gächter sagte:

«Du wirst ja wohl einen ausgeben.»

«Nach Feierabend», brummte Bienzle.

Hauptkommissar Meyer betrat den Raum. Er trug einen gedeckten grauen Anzug, eine hellblaue Krawatte und ein ebensolches Einstecktuch. Sein schmales Gesicht wirkte gepflegt und diszipliniert.

«Tja», sagte er, «da will ich mich mal verabschieden. Ehrlich gesagt, ich hab immer damit gerechnet, daß Sie zurückkommen würden.»

Bienzle nickte. «Also dann ...»

«Was machen Sie denn jetzt?» wollte Gächter von Meyer wissen.

«Eine hochinteressante Sache: Stabsstelle, beobachtende Fahndung, kurz Befa. Alles computerisiert.» Während er sprach, streckte er Gächter die schmale Hand hin. Dann ging er zu Haußmann. «Sie hätt ich gern mitgenommen. Sie sind begabt.»

Haußmann wurde rot. «Oh, vielen Dank.»

Bienzle brummte: «A bißle was muß er schon noch lerne!» Dann stand er auf und gab Meyer die Hand: «Sie werden mir glauben, daß ich nicht gegen Sie intrigiert habe.»

«Aber ja doch!» Meyer war ganz eifrig. «Ich betrachte die anstehende Veränderung ja durchaus auch als Verbesserung, Kollege Bienzle.»

«So muß es sein», sagte Bienzle trocken. Er begleitete seinen Vorgänger hinaus. Dann wandte er sich seinen Mitarbeitern zu. «Also, wie sieht's aus?»

«Den Türkenfall aus den Anlagen haben wir abgeschlossen», sagte Gächter, «eine Eifersuchtsgeschichte.»

«Mich interessiert erst einmal der Fall Poskaya.»

Haußmann zog seinen Block aus der Tasche. Und dann las er seine Notizen vor.

«Die Tatwaffe war ein Stilett. Die 14 Zentimeter lange, beidseitig geschliffene Klinge ist direkt ins Herz gedrungen. Der Arzt meint, ein Kampf habe nicht stattgefunden. Der Täter muß dicht vor Poskaya gestanden haben, und es ist anzunehmen, daß Poskaya ihn gekannt hat. Außerdem wurde der Stich so präzise geführt – keine Rippe wurde berührt –, daß man Profiarbeit annehmen kann. Keine Fingerabdrücke. Todeszeit zwischen 0.30 Uhr und 1.00 Uhr heute nacht. Der Fundort ist nicht der Tatort. In Poskayas Wohnung gibt es keinerlei Hinweise, daß es dort geschehen sein könnte.»

«Gut.» Bienzle kramte aus seiner Jackentasche den Zettel hervor, den ihm Poskaya am Vorabend zugeschoben hatte. «Ihr werdet diese Lokale abklappern und versuchen, dahinterzukommen, wieviel und an wen die Wirte zahlen. Meinen Einstand geb ich heute abend im *Istanbul*.»

Gächter verzog das Gesicht.

«Du kannst ruhig auch mal Döner Kebab essen», sagte Bienzle.

8

Gächter aß drei Portionen. Sie saßen an einem Ecktisch, von dem aus das ganze Lokal zu übersehen war. Als sie gegessen hatten, winkte Bienzle den Wirt zu sich her.

«Nehmen Sie bitte Platz», sagte der Kommissar. «Ihr Name?»

«Alle nennen mich Ali.»

«Gut, Ali. Gestern abend habe ich hier gesessen, zusammen mit einem Freund – Sie erinnern sich?»

Der Wirt nickte und musterte Bienzle mit seinen Kohleaugen.

«Poskaya, ein Landsmann.»

«Sie kennen ihn?»

«Jeder Türke in Stuttgart kennt ihn, er ist sehr hilfsbereit.»

«Bloß jetzt ist er tot», fuhr Gächter brutal dazwischen.

Das dunkle Gesicht des Türken nahm eine olivgrüne Farbe an. Seine dicken Lippen zitterten. Die tiefen Falten in seinen langgezogenen Wangen gruben sich noch tiefer ein.

Bienzle beobachtete Ali genau. «Sie haben Angst», sagte er lakonisch.

Ali schien ihn nicht zu beachten. Er stieß ein paar türkische Sätze hervor, die wie ein Gebet klangen.

Gächter sagte kalt: «Und nun das Ganze auf deutsch, bitte.»

Ali senkte den Kopf fast bis auf die Tischplatte. Seine Hände preßte er zwischen die Knie. «Das hätte niemals geschehen dürfen», sagte er in fast akzentfreiem Deutsch.

Bienzle sagte: «Das denke ich auch. Man hat ihn erstochen und dann in den Vorgarten des Hauses gebracht, in dem ich wohnte.»

Der Türke sah Bienzle in die Augen. «Hat er für Sie gearbeitet?»

«So kann man es nicht sagen. Wir haben zusammengearbeitet.»

Ali nickte.

«Und gestern muß uns hier jemand beobachtet haben.»

«Sie zum Beispiel!» hakte Gächter nach und stieß mit dem Zeigefinger gegen Alis Brust.

«Ich hätte Poskaya geschützt, nicht verraten.»

«Wenn Sie gekonnt hätten», sagte Bienzle.

Der Türke hob die Schultern.

«Können Sie uns irgendwelche Angaben machen über die Organisation, die Ihnen Schutz gegen Geld anbietet?»

«Ich verstehe nicht.»

«O doch, Sie verstehen sehr gut! Die drei Männer, die gestern abend hier waren und die ich angesprochen habe, machen die Kasse. Ich hab sie später noch mal getroffen. Ihr Anführer ist verhaftet.»

«Dann wissen Sie's ja.»

«Ich weiß noch lange nicht genug. Aber es wird jeden Tag ein bißchen mehr», sagte Bienzle. «Der Mord an Vural Poskaya war ein großer Fehler der Organisation.»

Ali wiegte den Kopf. «Die Wirte werden sich jetzt noch mehr fürchten.»

«Sie auch?» fragte Gächter.

«Ich auch.»

«Dann bringen Sie uns doch noch eine Karaffe», sagte Bienzle.

Der Wirt erhob sich schnell und ging zur Theke.

Gächter sagte: «Glaubst du eigentlich, daß Poskaya dir alles gesagt hat, was er wußte?»

«Warum?»

«So wie du ihn schilderst, war er doch ein zeimlich penibler und systematischer Typ.»

«Sicher.»

«Also hat er doch vielleicht alle seine Erkenntnisse aufgeschrieben.»

Bienzle hieb mit der flachen Hand auf den Tisch. «Daß ich da nicht dran gedacht habe!» Er sprang auf, warf Geld auf den Tisch und ging auf die Tür zu. Ali blieb mit der vollen Karaffe mitten im Lokal stehen. «Sie wollen schon gehen?»

«Ja, das Geld liegt auf dem Tisch ... bis bald.»

Die drei Beamten verließen das *Istanbul* fast fluchtartig.

9 Poskayas kleine Eineinhalbzimmerwohnung lag im ersten Stock eines Altbaus im Bohnenviertel, nicht weit vom *Istanbul*.

«Die Wohnung ist heute morgen auf Spuren abgesucht und versiegelt worden», sagte Haußmann.

«Daß man so etwas übersehen kann!» schimpfte Bienzle. «Man hätte eine richtige Hausdurchsuchung machen müssen, sofort.»

Die Haustür war nur angelehnt. Das Zweiminutenlicht im Treppenhaus funktionierte nicht. Bienzle gab Gächter ein Zeichen, zurückzubleiben und das Haus von außen zu beobachten. Er zeigte zu einem Fenster im ersten Stock hinauf; Gächter nickte und lehnte sich gegen eine Dachrinne am gegenüberliegenden Haus.

Bienzle und Haußmann stiegen die Treppe hinauf. Als sie vor Poskayas Tür ankamen, riß Bienzle ein Streichholz an. Das Siegel war erbrochen, die Tür geschlossen. Haußmann drehte den Türknauf. Bienzles Streichholz erlosch. Als er das nächste anzündete, hatte Haußmann die Tür bereits einen Spalt aufgedrückt. Einen Augenblick blieben die beiden reglos stehen und lauschten. Ein leises Scharren war zu hören, aber das konnte auch vom Stockwerk darüber kommen. Haußmann schob behutsam die Tür vollends auf. Da war das Geräusch wieder, außerdem ein kühler Luftzug, der von einem offenen Fenster herrühren mußte. Bienzle tastete nach einem Lichtschalter. Von dem winzigen Vorraum gingen zwei Türen ab, das wußte er von seinen früheren Besuchen bei Poskaya. Direkt gegenüber der Wohnungstür befand sich die Tür zum Wohnraum, rechts ging es ins Bad. Bienzle drückte den Schalter und machte zwei schnelle Schritte.

«Stehenbleiben!»

Aber der Schatten, den er im Wohnzimmer erkannt hatte, glitt bereits geschmeidig über den Fenstersims. Bienzle schaltete das Wohnzimmerlicht ein. Am Fensterbrett sah er gerade noch die Finger, die sich lösten. Haußmann rannte zum Fenster und beugte sich hinaus. Der Mann hatte sich fallen lassen und den Sprung elastisch abgefangen. Doch da stand plötzlich Gächter vor ihm. Er schlug zweimal zu. Der andere ging in die Knie, wurde von Gächter aber gepackt, hochgezogen und zum Hauseingang gezerrt.

Bienzle, der neben Haußmann getreten war, knurrte unwillig. «Das wär ja wohl auch anders gegangen.»

Gächters Gefangener war höchstens um die Achtzehn. Er hatte ein helles, hohlwangiges Gesicht mit grauen, unsteten Augen. Lange blonde, gepflegte Haare fielen bis auf die Schultern. Er zitterte, Gächter stieß ihn in einen Sessel.

Bienzle nahm gegenüber auf der Couch Platz. «Wie heißen Sie?»

Der Junge antwortete nicht, er kroch in sich zusammen und preßte den Rücken gegen die Sessellehne.

«Durchsuchen Sie ihn, Haußmann», sagte Bienzle.

Der Inspektor bat den Gefangenen höflich, aufzustehen, und suchte ihn dann mit geübten Griffen ab. Am Ende lagen auf Vural Poskayas Eß- und Arbeitstisch drei Kugelschreiber, ein Kalender, ein Reisepaß, ein Notizbuch, eine Spritze, ein kleiner Gummischlauch, ein Löffelchen und zwei kleine Papierpäckchen.

«Krempeln Sie mal den Ärmel hoch – den linken», sagte Bienzle, während er in dem Reisepaß blätterte. «Peter Neidlinger», las er leise, «geboren am 14. April 1964.»

Der Junge rollte den Ärmel über den linken Arm hinauf. Die Einstiche in der Armbeuge waren sofort zu erkennen.

«Wie lange machen Sie das schon?» fragte Bienzle.

«Seit einem Jahr ungefähr, aber ich bin nicht abhängig.»

«Tja, das sagen sie alle.»

«Nein, wirklich.»

Bienzle stand auf und trat dicht vor den Jungen hin. «Wer hat Sie hierhergeschickt?»

«Niemand.»

Gächter, der im Türrahmen lehnte, stieß sich ab und ging auf Neidlinger zu. Der Junge wich zurück, stieß mit den Kniekehlen gegen den Sessel und ließ sich zurückfallen.

«Wir sperren ihn ein», sagte Gächter, «spätestens morgen schreit er nach seinem Stoff, und für ein halbes Gramm verrät er uns alles.»

«Da können Sie lange warten», sagte Neidlinger trotzig.

«Macht nichts, wir haben ja Zeit», gab Gächter zurück.

Bienzle sprach leise, wie zu sich selbst: «Wenn sie so einen Buben abhängig gemacht haben, läßt er sich einsetzen wie ein dressierter Hund.»

Haußmann hatte inzwischen das Notizbuch studiert, das er aus der Parkatasche Neidlingers gefischt hatte. «Sieht so aus, als ob er schon gefunden hätte, was wir suchen – Poskayas Aufzeichnungen … Eine ganze Menge Namen und Adressen.»

Bienzle ließ sich das Buch geben. Er nahm sich Zeit, darin zu lesen. Eine eigentümliche Stille war plötzlich in dem kleinen Zimmer. Schließlich sagte er zu Gächter: «Jetzt wollen wir doch mal sehen, wie schnell das mobile Einsatzkommando ist.» Dann wandte er seine Aufmerksamkeit wieder dem Jungen zu: «Waren Sie allein?»

Neidlinger sah an dem Kommissar vorbei und antwortete nicht.

Bienzle seufzte: «Na, dann wollen wir doch mal einen richtigen Großalarm auslösen und die MEKs auf Trab bringen. Machst du das, Gächter?» Er warf ihm das Notizbuch zu.

«Du meinst, heute nacht noch?» fragte Gächter.

Bienzle nickte bedächtig. «Irgendwo wartet das Herrchen,

das den kleinen Hund hier losgeschickt hat. Wenn nun unser junger Freund bis zu einem bestimmten Zeitpunkt nicht zurückkommt, wird man Vorsichtsmaßnahmen treffen, nicht wahr?»

Gächter sah auf die Uhr, zuckte die Achseln und verließ Poskayas Wohnung.

Bienzle lehnte sich bequem in die Couchecke zurück. Leise sagte er: «Wir seien wie durchgeschnittene Zitronen, sagen die anderen, ich verstehe das so, daß wir ausgepreßt werden, und die Schale fällt in den Müll.» Er sah Peter Neidlinger an. «Das stammt von Vural Poskaya; auf türkisch reimt es sich. Es ist ein Gedicht über Gastarbeiterinnen in Deutschland, aber dieser Satz paßt haarscharf auch auf Sie, mein Junge.»

«Bin nicht Ihr Junge!» stieß Neidlinger hervor.

«Richtig; entschuldigen Sie!» Bienzle ließ eine Pause eintreten. Dann sagte er: «Gehen Sie noch zur Schule?»

Neidlinger schüttelte den Kopf.

«Lehrling?» fragte Bienzle.

«Nein!»

«Arbeitslos?»

«Gelegenheitsarbeiter.»

Bienzle ließ wieder ein paar Minuten vergehen. Dann sagte er: «Haußmann, sehen Sie doch mal nach, ob unser junger Freund hier vielleicht etwas übersehen hat.»

Bienzle sagte zu Neidlinger: «Einbruch, Diebstahl, Vergehen gegen das Betäubungsmittelgesetz – 's kommt schon was zusammen bei Ihnen. Wissen Sie eigentlich, was mit dem Besitzer dieser Wohnung geschehen ist? Er saß heute morgen im Garten vor meinem Zimmerfenster. Und er hatte ein Messer in der Brust. Vierzehn Zentimeter tief. Er war ein Freund von mir. Ich hab ihn sehr gemocht. Vural Poskaya hat gegen das organisierte Verbrechen gekämpft, weil er darunter litt, daß er und viele seiner Landsleute immer mit ein paar Messerstechern und Rauschgifthändlern in einen Topf geworfen werden.»

Peter Neidlinger fixierte einen Punkt an der Decke und rührte sich nicht.

«Wer hat Sie geschickt?» fragte Bienzle.

Der junge Mann sah den Kommissar kurz an. «Aus mir kriegen Sie nichts raus.» Er gähnte.

Und dann war er plötzlich auf den Beinen.

Bienzle rief nach Haußmann und sprang selbst so behende auf, wie man es diesem schweren Mann kaum zugetraut hätte. Aber Neidlinger trickste sowohl den Kommissar als auch den hereinstürzenden Inspektor aus. Während beide versuchten, ihm den Weg zum Korridor abzuschneiden, änderte der Junge blitzschnell die Richtung, schwang sich aus dem Fenster und ließ sich fallen. Haußmann zog seine Pistole.

Bienzle fuhr ihn an: «Waffe weg!»

Vor dem Haus hörte man davonhastende Schritte.

Bienzle ließ sich wieder auf die Couch fallen. «Für einen Fixer macht er einen guttrainierten Eindruck, nicht wahr?»

10

Am anderen Morgen sah Bienzle den Jungen wieder.

Gächter hatte es geschafft, das MEK fast in voller Mannschaftsstärke auf die Beine zu bringen. In sieben Wohnungen waren die Beamten fündig geworden. Zweieinhalb Kilo Haschisch, 260 Gramm Heroin, 130 Gramm Kokain und diverse Waffen stapelten sich bei der Frühbesprechung auf dem Konferenztisch. Zwei Werkstätten, in denen gestohlene Autos der Superklasse umfrisiert, neu lackiert und für den illegalen Export präpariert wurden, waren aufgeflogen. Peter Neidlinger war zwei der MEK-Polizisten in die Arme gelaufen, als er in eine dieser Werkstätten gestürmt kam – offensichtlich war sie als Treff vereinbart worden. Neidlingers Auftraggeber waren allerdings nicht mehr da gewesen.

«Es ist anzunehmen», sagte Bienzle bei der Besprechung, «daß sie Neidlinger bei seiner Tour beobachten ließen, ohne daß er es wußte.»

Präsident Hauser lobte den nächtlichen Erfolg wortreich, aber Bienzle schüttelte nur mißmutig den Kopf.

«Wir haben ein bißchen an der Peripherie gekratzt …» Trotzdem war auch er zufrieden. Er hatte Unruhe geschaffen, und er war sicher, daß die Organisation Fehler machen würde, sobald ihre Führer nervös wurden.

Nach der Besprechung ließ er Neidlinger vorführen. Der Junge hinkte. Er sah blaß aus, und wenn nicht alles täuschte, hatte er geweint.

«Gestern abend hätten wir noch ein Geschäft miteinander machen können», sagte Bienzle, «heute sieht's anders aus.»

Neidlinger saß in sich zusammengesunken auf dem harten Stuhl seitlich neben Bienzles Schreibtisch.

Bienzle zündete sich ein Zigarillo an. «Glauben Sie, daß Sie ein Dauerverhör durchhalten?»

Neidlinger gab sich einen Ruck. «Was wollen Sie wissen?»

«Wer Sie geschickt hat.»

«Er war am Telefon!»

«Wer – er?»

«Ich weiß nicht, wie er heißt. Wirklich nicht.»

«Wo hat er Sie angerufen?»

«In der Werkstatt, da, wo Sie mich auch geschnappt haben. Ich arbeite da manchmal.»

«Und wer hat dort das Sagen?»

«Sauter, Atze Sauter. Richtig heißt er mit Vornamen, glaub ich, Arthur.»

Bienzle überflog die Namen auf der Liste der Verhafteten

und blätterte dann in Poskayas Notizbuch. Der Name war nirgends vermerkt. «Und der Mann am Telefon – ist das der Boss?»

«Für mich ist er es. Er muß zu allem sein Okay geben, sonst läuft nichts.»

«Und Sie haben ihn nie gesehen?»

«Vielleicht war er ja mal in der Werkstatt, ohne daß ich wußte, daß er's ist ...»

«Wie spricht er?»

«Wie meinen Sie das?»

«Hat er einen ausländischen Akzent?»

«Ja, er klingt wie ein Ausländer.»

Bienzle paffte eine Weile vor sich hin. Schließlich fragte er: «Wie ist das nun mit dem Fixen?»

«Was soll sein?»

«Na ja, Sie sitzen jetzt erst mal eine Weile in Stammheim.»

Neidlinger grinste. «Wenn ich's wirklich brauche, krieg ich's auch in Stammheim, und wahrscheinlich aus der gleichen Quelle.»

«Kommt nur drauf an, was Sie dort dafür zahlen müssen.» Bienzle drückte auf einen Knopf. Ein uniformierter Polizist kam herein und führte Neidlinger ab.

Bienzle saß lange Zeit unbeweglich in seinem Schreibtischsessel, die Hände über dem Bauch gefaltet, den Kopf weit zurückgelegt. Er hätte wohl noch lange so dagesessen, wenn ihn nicht ein explosionsartiges Niesen fast vom Stuhl gerissen hätte.

Haußmann und Gächter kamen fast gleichzeitig herein. Bienzle stand auf und trat an das verschlierte Fenster.

«Ziemliche Unruhe im Revier», sagte Gächter, «und der Buhmann bist du.»

«So soll's sein», sagte Bienzle ungerührt. «Sind alle Adressen abgeklappert?»

«Ja. Du kannst davon ausgehen, daß die Organisation vorübergehend stillhält – allerdings nur vorübergehend.»

«Ja, das denke ich auch ... Irgendwelche Hinweise auf die obere Etage des Vereins?»

«Kein Stück.»

Haußmann meldete sich: «Es scheint auch so zu sein, daß die Leute untereinander nichts voneinander wissen.»

«Teile und herrsche – ein bewährtes Prinzip.» Bienzle nickte.

Die Sektretärin kam herein. «Das wurde für Sie abgegeben an der Pforte.» Sie reichte dem Kommissar ein gelbes Kuvert.

«Von wem?»

«Weiß ich doch nicht!»

«Haben Sie den Pförtner nicht gefragt?»

«Wie komm ich denn dazu?» Sie ging schnell hinaus.

Gächter grinste. «Es gibt auch Leute in der Abteilung, die sich über deine Rückkehr nicht gerade freuen ... Meyer hat ihr immer mal Blumen oder Pralinen mitgebracht.»

«Was? Ja ischt der denn au no ganz bache?» Er rief den Pförtner an: «Bienzle hier. Da ist ein Brief für mich abgegeben worden ... Ja, genau. Wer hat ihn abgegeben?» Er hörte eine Weile zu und schmiß dann den Hörer wortlos in die Gabel zurück. «Idiot», brummte er.

Gächter sagte: «Er kann sich nicht erinnern, was?»

«Es seien ein paar Leute vor seinem Fenster gestanden und irgendwer habe den Brief einfach dazwischen reingeschoben. Er hat keinen blassen Dunst!»

Bienzle öffnete das Kuvert und nahm einen weißen, mit Schreibmaschine beschriebenen Bogen heraus. Während ihn die beiden anderen neugierig anstarrten, las er langsam Zeile für Zeile, dann legte er den Brief sachte auf den Schreibtisch. «Man droht mir», sagte er nachdenklich, «und man kündigt an, daß man Kontakt mit mir aufnehmen wird.»

«... werde», korrigierte Gächter und grinste. «Nur das unpersönliche ‹man› ist auf jeden Fall zu vermeiden, pflegte mein Deutschlehrer zu sagen.»

«Daß du mal einen Deutschlehrer gehabt hast ...»

«Der Brief ist also nicht unterzeichnet?» fragte Haußmann.

«Doch – da steht großkotzig drunter: ‹Die Organisation›.»

Gächter zog das Schreiben zu sich her und las es. Dann sagte er: «Die scheinen dich als Staatsfeind Nummer eins ausgesucht zu haben.»

«Sieht ganz so aus.»

«Vielleicht solltest du mal eine Zeitlang nicht allein losziehen.»

«Blödsinn. Die Techniker sollen den Wisch mal unter die Lupe nehmen. Viel wird nicht dabei rauskommen, aber den Schreibmaschinentyp und so was will ich wissen.»

Haußmann nahm den Brief und ging hinaus.

Bienzle zog Vural Poskayas Notizbuch zu sich heran, das auf dem Schreibtisch lag. Viele Eintragungen waren in Türkisch. Immer wieder schlug Bienzle das letzte Blatt auf. Da stand sein eigener Name, dann folgten ein paar Zahlen. Mitten auf das Blatt hatte Poskaya eine Rose gezeichnet. Am oberen Rand des Blattes stand das Datum: *24. Juli.* Von da führte ein gerader Strich nach unten und lief in einen Pfeil aus. Unter der Pfeilspitze stand: *21 Uhr K. Ich muß vorsichtig sein.*

Immer wieder kehrte Bienzles Blick zu dieser Eintragung zurück, aber er konnte sich keinen Reim darauf machen.

Gächter fragte: «Was entdeckt?»

Bienzle schüttelte unschlüssig den Kopf und ließ das Buch in die Jackentasche gleiten. «Mein Freund», murmelte er leise.

«Wie bitte?»

«Ach, nix», nuschelte Bienzle und griff zum Telefon. Aber es fiel ihm niemand ein, den er sinnvollerweise anrufen konnte. Schließlich ließ er Ismail Önökül vorführen.

Der feiste kleine Türke lächelte, als er durch die Tür geschoben wurde. Gächter gab einen unwilligen Ton von sich.

Bienzle bot dem Türken einen Stuhl an. «Ihre Freunde haben schnell reagiert», sagte er und sah dabei auf seine Fingernägel.

Önökül antwortete nicht. Sein Lächeln blieb.

«Wenn ich mich recht erinnere», fuhr Bienzle leise fort, «haben Sie Poskaya gestern abend ein Schwein genannt.»

Das Lächeln verschwand. Önökül starrte den Kommissar an. Bienzle schwieg, und auch Gächter, der die Methoden seines Chefs kannte, sagte nichts. Die Stille wurde bedrükkend. Endlich sagte Bienzle:

«Wir wissen inzwischen eine ganze Menge über die Organisation.»

Gächter erhob sich, ging langsam zur Tür und lehnte sich gegen den Rahmen. «Überlegen Sie mal, Önökül, was Ihre Freunde denken, wenn sie erfahren, *wieviel* wir wissen.»

Önökül wurde unruhig.

«Da wird dann wohl mancher *Sie* ein Schwein nennen», sagte Gächter.

«Mich? Wieso?»

«Denken Sie doch mal nach ...» Gächter drehte sich mit geschickten Fingern eine Zigarette und schob sie lässig in den Mundwinkel. Bei jedem Wort wippte sie mit. «Die Leute werden sich doch dafür interessieren, *woher* wir soviel wissen ... Und sie wollen dann auf eine Antwort nicht allzu lange warten.»

«Sie wollen mir das anhängen?» Önökül schnappte nach Luft.

«Wer sagt das denn?» fragte Bienzle zurück.

Wieder trat eine lange Pause ein. Das einzige Geräusch im Raum verursachten Önöküls Schuhe, die auf dem alten Dielenboden hin und her scharrten.

Schließlich sagte Bienzle: «Der Haftrichter hat ja entschieden, daß Sie eine Weile bei uns bleiben, genauso wie Neidlinger.» Er beobachtete Önökül scharf, sah aber kein Anzeichen dafür, daß der Name irgendeinen Eindruck auf den Türken gemacht hätte. Mißmutig stand Bienzle auf, ging zur Tür und rief zwei Beamte herein, die Önökül wieder wegbrachten.

«Bei dem verfängt die sanfte Tour nicht», sagte Gächter.

«Die harte auch nicht.»

«Und was jetzt?»

«Jetzt geh ich a Viertele trinke!»

11

Beim Portier blieb der Kommissar einen Augenblick stehen. «Sie können sich wirklich nicht entsinnen, wie der Mensch aussah, der den Brief abgegeben hat?»

Der Mann hinter der Glasscheibe schüttelte nur unwillig den Kopf.

Bienzle stapfte hinaus und unter den staubgrauen Pappeln der Taubenheimstraße entlang. Er merkte schnell, daß er verfolgt wurde. In langen Jahren hatte er ein Gespür dafür entwickelt. Er wandte sich nicht um, verlangsamte aber unwillkürlich seine Schritte. Normalerweise ging er noch über die große Fahrstraße zum Weinhaus Pfundt hinüber. Diesmal aber betrat er eine kleine Wirtschaft ganz in der Nähe des Präsidiums. Sorgsam drückte er die Tür hinter sich zu und ging dann mit schnellen Schritten zu einem Tischchen in der Ecke. Er setzte sich mit dem Rücken zur Wand und starrte auf die Tür. Ohne den Blick zu wenden, bestellte er ein Viertel Grumbacher Riesling mit Sylvaner.

Die Tür ging auf. Der Mann, der hereinkam, mochte vierzig Jahre alt sein. Er trug einen Pepita-Anzug in Grau und Blau, glänzende schwarze Schuhe, ein rosafarbenes Hemd und eine dunkelrote Fliege. Er war schlank und fast so groß wie Bienzle. Das Gesicht stand im Widerspruch zu der drahtigen Figur. Weiche Backen hingen rechts und links von einem spitzen Kinn. Die Nase war platt und verriet den ehemaligen Boxer. Ein schmales schwarzes Oberlippenbärtchen wuchs in die weichen Falten hinein, die sich zwischen Kinn und Backen gebildet hatten.

Als sich der Mann unaufgefordert zu Bienzle setzte, bemerkte der Kommissar einen schweren Ring mit einem blaßrosafarbenen Stein an seiner rechten Hand.

«Herr Hauptkommissar Ernst Bienzle?» Die Stimme des Mannes hatte einen tiefen, angenehmen Klang.

«Richtig.»

«Ich habe Sie gesucht.»

«Und ich hab Sie erwartet.»

Der Mann legte die Stirn in Falten und versuchte, ungläubig dreinzuschauen.

«Wie heißen Sie?» fragte Bienzle.

«Mein Name ist eigentlich nicht wichtig.»

«Sie kennen mich ja auch.»

«Eben!»

Bienzle zuckte die Achseln, griff nach der Tageszeitung, die, in einen Rahmen geklemmt, an einem Garderobenhaken hing, und fing an zu lesen. Der Mann bestellte sich ein Mineralwasser. Nach einer Weile sagte er: «Nicht gerade höflich, zu lesen, wenn man um ein Gespräch gebeten wird.»

Bienzle sah kurz auf. «Das ist auch nicht unhöflicher, als wenn man sich nicht vorstellt.»

«Mein Name ist Keller», sagte der Mann.

Bienzle legte die Zeitung weg. «Na also!»

Keller beugte sich über den Tisch und stützte beide Ellbogen auf. Bienzle zog vorsichtig sein Glas näher zu sich heran.

«Ich bin sozusagen bevollmächtigt, mit Ihnen zu verhandeln», sagte Keller.

«Mit mir? Ich führe keine Verhandlungen.»

«Einmal muß man ja damit anfangen …» Keller grinste.

«Und worüber?»

«Über den Mord an Poskaya.»

«Das ist erst vor Gericht ein Verhandlungsgegenstand.»

Keller nippte an seinem Sprudelwasser. Als er wieder zu sprechen begann, zog er jedes Wort in die Länge: «Nehmen wir einmal an, ich wüßte einen Weg, Ihnen den Mörder Poskayas sozusagen frei Haus zu liefern …»

Bienzle sah sein Gegenüber an, ohne eine Miene zu verziehen. «Nehmen wir einmal an», sagte er im gleichen Tonfall, «ich nehme Sie vorläufig fest?»

«Wie das?»

«Sie haben sich soeben als Mitwisser zu erkennen gegeben.»

Keller lächelte. «Das würde unsere Verhandlungen aber nicht besonders fördern.»

«Was wissen Sie über Poskaya?»

Keller schaute dem Kommissar mit bekümmerter Miene ins Gesicht. «Ein ungewöhnlich begabter Mann, dieser Poskaya – und couragiert, ohne Frage. Schade, daß er tot ist.»

Bienzle zeigte keine Regung.

«Ich denke, daß er ein paar grobe Schnitzer gemacht hat», fuhr Keller fort. «Wie man sieht, waren es nicht wiedergutzumachende Schnitzer.»

Bienzle nippte bedächtig an seinem Wein. «Nur wer nichts

tut, macht keine Fehler», sagte er langsam. «Sie begehen ja vielleicht auch gerade einen.»

Keller lächelte. «Das lassen Sie mal meine Sorge sein.»

«Also gut. Sie wollen verhandeln. Was bieten Sie an?»

Keller richtete sich auf und umfaßte sein Glas mit beiden Händen. «Ich könnte Ihnen den Weg zeigen, wie Sie den Mörder Poskayas finden.»

«Und was verlangen Sie dafür?»

«Sie sind Leiter der Mordkommission, nicht wahr?»

«Seit kurzem wieder, ja.»

«Es gehört also nicht zu Ihren unmittelbaren Aufgaben, andere Delikte aufzuklären?»

«Nein. Aber wie Sie sicher wissen, gibt es den sogenannten Verfolgungszwang. Wenn ich von einem Verbrechen erfahre, darf ich's nicht ignorieren.»

Keller lächelte maliziös. «Wenn aber Ihre Vorgesetzten nicht erfahren, was Sie erfahren haben ...»

«Wenn ich Sie recht verstehe, verlangen Sie, daß ich alles, was ich von Poskaya erfahren habe und bei der Fahndung nach seinem Mörder zusätzlich herausbekomme, unter den Tisch fallenlasse.»

«So könnte man's ausdrücken.»

«Ein seltsames Geschäft.» Bienzle massierte seine Nasenwurzel, um ein aufkeimendes Niesen zu unterdrücken. «Ich weiß schon ziemlich viel.»

«Sie bluffen.»

«Sie brauchen mir's ja nicht zu glauben», sagte Bienzle leichthin und griff wieder nach der Zeitung. «Im übrigen», fügte er hinzu, während er zu blättern begann, «wer garantiert Ihnen, daß ich mich daran halte?»

«Es wäre nicht ratsam, ein einmal geschlossenes Abkommen zu brechen. In solchen Fällen werden die Gentlemen, die ich vertrete, sehr ungemütlich.»

«Gedroht hat man mir schon», sagte Bienzle. «Brieflich.»

Keller ging nicht darauf ein.

Bienzle fuhr fort: «Wenn ich den Mörder Poskayas habe, habe ich noch lange nicht den oder die Auftraggeber, in deren Namen Sie hier verhandeln.»

«Wer sagt, daß es Auftraggeber gibt?»

«Ich.»

«Sie könnten sich irren ...»

«Oder auch nicht. Die Organisation hat einen Fehler gemacht, als sie Poskaya umbringen ließ – einen großen Fehler!»

Keller wurde unruhig. Er beugte sich weit vor. «Herr Hauptkommissar, ich beschwöre Sie: Übernehmen Sie sich nicht! Die Jacke, die Sie da anziehen wollen, ist Ihnen viel zu groß ... Sie bringen sich und andere in Gefahr.»

«Andere?»

«Es gibt doch Menschen, die Ihnen nahestehen, nicht wahr?»

Bienzle starrte Keller unter buschigen Augenbrauen hervor an. «Noch eine Drohung?»

«Ein guter Rat.»

«Welchen Beruf üben Sie aus?» fragte Bienzle unvermittelt.

«Ich bin Makler.»

Bienzle lachte und bestellte sich noch ein Viertel.

Keller erhob sich. «Sie sollten ernsthaft über mein Angebot nachdenken.»

Bienzle lehnte sich weit zurück und sah zu Keller auf. «Garantieren Sie mir, daß der Mörder noch am Leben ist, wenn ich ihn finde?»

«Ich habe Ihnen alles gesagt, was zu sagen ist.» Keller deutete eine Verbeugung an und verließ das Lokal.

«Zahlen Sie den Sprudel?» fragte die Bedienung.

Bienzle nickte gedankenverloren.

12

Sie waren mit der Straßenbahn bis zur Haltestelle Waldeck gefahren und Hand in Hand über einen schmalen Weg bis zum Arbeiterwaldheim Heslach hinaufgegangen. Es war ein sonniger, warmer Sonntag. Die weitläufigen Gärten um das barackenartige Waldheim waren dicht bevölkert. An Eisentischen saßen die Menschen unter den alten Bäumen, vesperten, tranken Bier und Wein. Die Kinder spielten hinter dem Haus auf dem großen Spielplatz.

Bienzle hatte die Jacke ausgezogen und das Hemd bis zum Gürtel aufgeknöpft. Er hatte einen Krug Bier vor sich stehen. Hannelore saß ihm gegenüber, die Füße gegen seinen Stuhl gestemmt und den Kopf weit in den Nacken zurückgelegt. Die Augen hatte sie geschlossen. Bienzle sah sie an. Leise sagte er: «Ich habe einen ganzen Bauch voller Zärtlichkeit für dich.»

Hannelore blinzelte. «Das ist aber dann gar nicht wenig.»

Einen Augenblick dachte Bienzle: Wenn ihr was zustoßen würde ... Er schob den Gedanken weg, aber die Angst blieb.

«Du bist plötzlich so ernst», sagte Hannelore.

Bienzle antwortete nicht. Er stand auf, gab ihr einen Kuß und ging mit seinem Bierkrug zu der Theke, die unter einer alten Buche stand, um nachfüllen zu lassen. Während der Mann am Zapfhahn das Bier langsam in den Krug laufen ließ, stand Bienzle mit dem Rücken zu ihm und sah zu Hannelore hinüber. Nachdenklich zündete er ein Zigarillo an.

Ein Mann trat an Hannelores Tisch. Bienzle straffte sich, legte zwei Mark auf den Tresen, nahm den Bierkrug, obwohl er noch nicht voll war, und ging über die Wiese. Eine kleine Wolke hatte sich vor die Sonne geschoben. Ihr Schatten wanderte langsam als dunkler Fleck über die Gärten.

Der Mann an Hannelores Tisch sah Bienzle auf sich zukommen. Schnell ging er auf den angrenzenden Wald zu und verschwand zwischen den dichtstehenden Bäumen.

Hannelore zitterte. Bienzle legte ihr die Hand auf die Schulter.

«Was ist passiert?»

Hannelore begann zu weinen.

«Er hat dich bedroht?»

Sie stand auf. «Laß uns gehn ... Schnell!»

Bienzle setzte sich. Er hielt jetzt ihre beiden Hände in den seinen. «Erzähl.»

«Es war widerlich ... Ich will weg!»

Die Sonne kam wieder. Bienzle rührte sich nicht. Er war wie gelähmt. «Er sah so harmlos aus», sagte er.

Hannelore entzog ihm ihre Hände und wischte sich die Tränen mit dem Handrücken aus dem Gesicht. «Er stand da, und er redete tatsächlich im Plauderton.»

«Was hat er gesagt?»

«‹Wenn er sich nicht besinnt›, hat er gesagt und dabei auf dich gezeigt, ‹sind Sie dran ...› Dann hat er ausgemalt, was sie mit mir machen, wenn sie mich erst haben. ‹Es gibt da ein paar Jungs›, hat er gesagt, ‹die sind auf Vergewaltigungen spezialisiert. Die sperren wir dann mit Ihnen zusammen ein.›»

Bienzle sah auf die Stelle, wo der Mann zwischen den Bäumen verschwunden war.

«Und die ganze Zeit hat er gelächelt ...» Hannelore begann wieder zu weinen.

Bienzle versuchte sich zu erinnern, wie der Mann ausgesehen hatte. «Könntest du ihn beschreiben?» fragte er sachlich.

«Ich kann so nicht leben», sagte Hannelore leise.

«Was meinst du damit?»

«Diese ständige Angst. Ich halt das nicht aus. Immer hab ich Angst um dich – und jetzt das noch ...» Noch immer stand sie vor ihm.

Bienzle erhob sich endlich, legte den Arm um ihre Schultern und wollte auf den Waldweg zugehen, der zurück zur Straßenbahnhaltestelle führte.

«Laß uns ein Taxi nehmen», bat Hannelore, «ich mag jetzt nicht durch den Wald gehen.»

Während der ganzen Fahrt schwiegen beide. Erst als sie in Hannelores gemütlicher Wohnung ankamen, sagte Bienzle:

«Ich bin ratlos. Die Burschen haben mich da erwischt, wo ich zu treffen bin. Ich weiß nicht, was ich tun soll.»

Hannelore kochte Kaffee. Von der Küche her sagte sie: «Ich dachte, die Angst würde vielleicht wieder weggehen, aber das tut sie nicht.»

«Was müssen das für Menschen sein», sagte Bienzle, mehr zu sich selbst, und deckte den Tisch. «Sie wollen verhindern, daß ich den Mord an einem Freund aufkläre, indem sie drohen, mir den Menschen zu nehmen, den ich am liebsten hab.»

Hannelore kam herein, blieb aber, die Kaffeekanne in der Hand, unter der Tür stehen. «Das war ja eine Liebeserklärung.»

Bienzle blinzelte. «Du tust grad so, als ob's meine erste wär.»

«Das nicht, aber eine sehr schöne.» Sie setzte sich.

«Du solltest verreisen», meinte Bienzle.

«Wenn das so leicht ginge – ich hab immerhin einen Beruf.»

«Red mit deinem Chef.»

Hannelore schüttelte den Kopf. «Das ist doch keine Lösung – Flucht! Ich hab vier Wochen Jahresurlaub. Den will ich nicht dazu nehmen, um mich zu verkriechen … Ich will, daß du mich da raushältst.»

Bienzle rutschte in sich zusammen. Lange sagte er gar nichts, trank seinen Kaffee und starrte auf einen Punkt an der Zimmerwand. Schließlich straffte er sich und legte die großen

Hände flach auf die Sessellehne. So saß er noch eine Weile, ehe er ein kaum hörbares «Also dann!» hervorstieß und aufstand. Er ging zum Telefon, suchte eine Weile im Telefonbuch – «Keller gibt's wie Sand am Meer!» – und wählte schließlich. «Herr Keller da?» fragte er barsch. Er wartete mit geschlossenen Augen. Dann sprach er wieder: «Keller? Bienzle hier. Ich hab über Ihr Angebot nachgedacht ... Anweisungen? Für wen halten Sie mich? ... Nennen Sie einen Treffpunkt ... Gut. In zwanzig Minuten.» Er legte den Hörer sehr sanft in die Gabel zurück.

«Dir ist nicht wohl», stellte Hannelore fest.

Bienzle sah sie an. «Ich hab gerade mein Kommissariat zurückbekommen. In diesem Moment fang ich an, es wieder zu verlieren.»

13

Das Lokal nannte sich *Zirbelstuben*, war ganz in Holz gehalten und für Stuttgart eigentlich zu weltstädtisch. Bienzle kam sich deplaziert vor.

«Haben Sie einen Tisch bestellt?» fragte der Ober mit näselnder Stimme.

«Man hat mich b'stellt!» knurrte Bienzle. Keller hatte er schon entdeckt. Der Makler erhob sich ein wenig von seinem blausamtenen Sesselchen und winkte. Bienzle stapfte auf ihn zu und ließ sich grußlos in den Stuhl fallen.

«Schon gegessen?» fragte Keller.

«'n Leberkäs, im Waldheim.»

«Na, ein leichter Lachs oder ein bißchen Salat wird dann immer noch reingehen.»

Bienzle studierte die Karte.

«Der Wein ist auch sehr gut hier», sagte Keller verbindlich.

Bienzle bestellte, ohne sein Gegenüber zu beachten, ein

Omelett mit Pfifferlingen und einen Heilbronner Stiftsberg. Dann sah er Keller zum erstenmal an.

Keller lächelte verbindlich: «Endlich ein schöner Sommertag – ein Wetterchen ...»

«Zur Sache», sagte Bienzle.

«Warum denn so hektisch? Ich bin nicht gewohnt ...»

«Aber ich», unterbrach ihn Bienzle. «Sie wollen Sicherheiten, ich will Sicherheiten – wie soll das aussehen?»

Der Wein kam. Keller versuchte Bienzle zuzutrinken, aber der übersah die Geste.

«Was hat Sie bewogen, nun doch auf mein Angebot zurückzukommen?» fragte Keller.

«Einer Ihrer Gorillas. Es ist ihm gelungen, meine Freundin so in Angst zu versetzen, wie Sie es ihm wohl aufgetragen haben. Der Mann kann's bei Ihnen noch weit bringen – es sei denn, ich erwisch ihn vorher.»

«Man hat also Fräulein Schmiedinger bedroht?»

«Erst kürzlich hat mir ein Kollege gesagt, daß es besser sei, das unpersönliche ‹man› zu vermeiden – zumindest ist das wohl die Ansicht seines Deutschlehrers gewesen.»

Keller lachte höflich. «Nun ja, was immer Sie bewogen haben mag – jetzt sitzen wir hier und sollten zu unserem Agreement kommen.»

Bienzle nippte an seinem Wein, ohne ihn zu schmecken. Seine Zunge war pelzig, seine Handflächen schwitzten, er fühlte einen seltsamen heißen Druck hinter den Augen. Auf der Fahrt hierher hatte er sich alles zurechtgelegt, aber jetzt fand er es nicht wieder. Sein Kopf war leer. Er wartete.

«Wir kennen Ihren Einfluß im LKA und auch bei der städtischen Polizei. Sie sind ein bekannter und, wie wir wissen, unorthodoxer Polizist. Und genau das ist der Grund dafür, daß wir glauben, eine Beziehung zu Ihnen könnte für alle Teile hilfreich sein.»

Bienzle starrte Keller verständnislos an, aber der achtete gar nicht auf den Kommissar. Er sah auf seinc gepflegten Hände, die sich in einem sanften Spiel unablässig bewegten. «Der Mörder von Poskaya ist der Türke Mehmed Uygul. Er wohnt im Rainsburgweg 18, zusammen mit zwei Freunden. Uygul hat ein Geständnis abgelegt. Ich habe es der Einfachheit halber mitgebracht. Es ist auf dieser Tonbandkassette.» Keller legte eine Kassette auf den Tisch.

«In welcher Sprache?» fragte Bienzle.

«Türkisch. Sie werden es sich übersetzen lassen müssen.»

Bienzle fixierte das kleine viereckige Kästchen. «Sind Sie der Meinung, daß er bei uns nicht geständig werden wird?»

«Es gibt einfach unterschiedliche Verhörmethoden.» Keller lächelte.

Das Essen kam. Bienzle sagte zu dem Kellner: «Nehmen Sie's bitte wieder mit, mir ist der Appetit vergangen.»

Kopfschüttelnd trug der Ober das Gedeck wieder davon.

Bienzle dachte angestrengt nach. Das war alles absolut unlogisch. Poskaya war mit Sicherheit das Opfer der Organisation; persönliche Feinde hatte er nicht gehabt. Warum sollte ein kleiner Gastarbeiter, wie es dieser Uygul wohl war, gerade den Gewerkschaftler Poskaya umbringen? Er hatte es sicherlich auf Befehl getan – aber warum gab er jetzt den Mord auch noch auf Befehl zu? Das war doch widersinnig!

«Sie sollten wirklich etwas essen», sagte Keller, «die Küche ist ausgezeichnet.»

«Was verlangen Sie von mir?» fragte Bienzle.

«Sie haben den Mörder. Sie schließen den Fall ab. Sie schreiben Ihren Bericht, geben Ihre Pressekonferenz. Die Akten werden geschlossen ... Mehr wollen wir nicht.»

Bienzle sah Keller ins Gesicht. «Sie müssen sehr viel zu verbergen haben, und ich soll Ihnen dabei helfen ... Und wenn ich's nicht tue?»

«Herr Bienzle –» Keller sprach nun beschwörend – «ich sage das in Ihrem Interesse, glauben Sie mir. Sie sind mir sympathisch, wirklich. Aber die Leute, für die ich zu sprechen die Ehre habe» – es klang ironisch –, «kennen leider keinerlei Pardon.»

Bienzle schien beeindruckt. «Es ist nur so», sagte er, «wenn ich Ihnen nachgebe und mache, was Sie verlangen, bin ich in Ihrer Hand, nicht wahr? Den nächsten Schritt kennen wir schon. Sie kommen und verlangen von mir Auskünfte, natürlich vertraulich; vielleicht bieten Sie mir sogar Geld dafür – nein, ganz sicher tun Sie das: Sie werden mich bezahlen wollen, um die Abhängigkeit noch zu vertiefen. Wenn ich dann mal nicht mehr mitspielen will, hängen Sie mich hin. ‹Im Fall Poskaya›, werden Sie dann sagen, ‹damals hat er gemeinsame Sache mit uns gemacht …› Hauptkommissar Bienzle kriegt sein Korruptionsverfahren, und auch dann, wenn man ihm nichts nachweisen kann, wird das Folgen haben.»

Unvermittelt fragte Keller: «Was fasziniert Sie eigentlich an Ihrem Beruf, Kommissar?»

Bienzle mußte unwillkürlich lachen. «Man hat mir auch schon leichtere Fragen gestellt!»

«Und die Antwort?»

«Schwer zu sagen. Die Schuldigen zu finden.»

«Die Täter?»

«Nein, nicht einfach die Täter. Die sind ja nicht selten auch selber die Opfer – ich nehme an, bei diesem Uygul ist das nicht anders … Ich will wissen, wie es dazu gekommen ist, wer schuld hat, daß es so gekommen ist.» Bienzle wurde nachdenklich, und er war froh, daß ihm die Frage Kellers für ein paar Augenblicke Luft verschaffte. «Sie glauben ja nicht, mit welcher Art Geständnis ich es manchmal zu tun habe – Leute gestehen Taten, die sie niemals begangen haben, fühlen sich schuldig, obwohl sie niemals schuldig geworden sind.»

«Aber warum? Das ist doch widersinnig!»

Das hatte er eben auch gedacht, und bei diesem Uygul traf es wohl auch zu … Er sagte: «Nicht unbedingt. Im Umfeld von Verbrechen trifft man manchmal auf Menschen, die durchaus glauben, ein Verbrechen begehen zu können. Sie empfinden sich als latent gefährdet, als schlechte Menschen sogar – es sind Leute dabei, die auf der Suche sind nach einer Buße.»

«Na, na …» Keller stützte die Fingerkuppen geziert gegeneinander.

«Typen wie Sie meine ich nicht», sagte Bienzle. «*Sie* werden nicht getrieben: Sie *treiben*; bei Ihnen ist alles Kalkül, Berechnung …»

Keller winkte ab. «Der Moralist steht Ihnen nicht, Herr Bienzle!»

Bienzle lehnte sich zurück. «Mal Klartext geredet: Sie wollen, daß ich den Fall so runterspiele, wie Sie die Partitur schreiben; dafür tun Sie meiner Freundin nichts … Ich will Ihnen mal eine Geschichte erzählen: In Heidelberg oder Karlsruhe, ich weiß das nicht mehr so genau, wurde vor ein paar Jahren die kleine Tochter eines sehr reichen Industriellen entführt. Mit den üblichen Drohungen: Wenn Sie zur Polizei gehen, überlebt es das Kind nicht. Zahlen Sie zwei Millionen in kleinen Scheinen – na, und so weiter … Der Mann ist sofort zur Polizei marschiert.

Eine Stunde später konnte man ihn schon über Radio und Fernsehen hören und sehen. Ein widerlicher Kerl, eingebildet, großkotzig – na ja, so einer halt, der 'n Haufen Geld macht, weil er 'n Haufen Leut für sich schaffen läßt, die ewig arm bleiben … Dieser Mann also sagte über Radio und Fernsehen: ‹Zwei Millionen wollen die Entführer. Ich habe die zwei Millionen hier …› Er ließ zwei Koffer von zwei Bediensteten öffnen; auf der Mattscheibe konnte man das Geld sehen. ‹Diese zwei Millionen›, sagte er dann und machte eine bedeutsame Pause, ‹diese zwei Millionen werden dafür verwendet, die Täter zu fangen, wenn meine Tochter nicht binnen sechs Stunden zu Hause ist ... Es wird eine Jagd ohnegleichen; die ganze Bevölkerung wird mitmachen, die Polizei, alle Privatdetektive, die ich kriegen kann. Ich lege auch noch eine Million drauf, wenn's sein muß ... Ich bin aber bereit, den Entführern einen Betrag von 50000 Mark zukommen zu lassen – wohin auch immer –, wenn meine Tochter heute abend unversehrt zu Hause ist.›» Bienzle sah Keller an. «Was, glauben Sie, ist passiert?»

Keller erwiderte Bienzles Blick interessiert. «Der Mann hat vermutlich gewonnen.»

«Wie Sie es ausdrücken, ist es genau richtig. Der Mann hat hoch gespielt, und ich vermute, er hat sogar Spaß daran gehabt. Und er hat gewonnen ... Seine Frau allerdings hat ihn wegen seelischer Grausamkeit verlassen und das Kind mitgenommen.»

Keller lachte. «Hat sie vielleicht auch noch den Kidnapper geheiratet?»

«Wer weiß, vielleicht wär das die bessere Partie gewesen. Ich hab ja doch keine Ahnung, was den oder die Kidnapper zu ihrer Tat veranlaßt hat, wie verzweifelt sie vielleicht waren ...»

Bienzle unterbrach sich. Was veranlaßte ihn zu dieser Predigt? Doch nichts anderes als der Wunsch, Zeit zu gewinnen. Aber auch der Zeitgewinn würde nichts nützen. Ihm fiel nichts ein; er wußte nicht, was er tun sollte oder konnte.

Keller fragte: «Warum erzählen Sie mir das alles?»

«Ich will Ihnen klarmachen, daß ich nur nach meinen Noten Musik mache. Ich wollte Ihnen aber auch sagen, daß Sie nicht mit Resignation zu rechnen hätten, wenn Sie Ihre drekkigen Drohungen in die Tat umsetzen sollten.»

Keller sagte nichts; er lächelte nur und winkte mit einer eleganten Bewegung dem Kellner.

«Zwei Kaffee, zwei Cognac, bitte!»

Bienzle sagte: «Zum Glück haben wir ja langsam Polizeikräfte genug, daß wir auch einen wirksamen Personenschutz organisieren können.»

«Solange Zeit dafür ist», schränkte Keller ein.

Bienzle wurde es plötzlich sehr kalt. «Wie meinen Sie das?»

Kaffee und Cognac kamen.

«Es gibt keinen optimalen Schutz», sagte Keller. «Außer dem, den ich Ihnen zu vermitteln bereit gewesen wäre.»

«Was soll das heißen?» Bienzle war alarmiert, aber das war im Augenblick noch ein sehr verschwommenes Gefühl. Er griff nach der Tonbandkassette und ließ sie in seine äußere Jackentasche gleiten.

Keller hob ein wenig den Kopf und sah über Bienzle hinweg. Sein Blick schien einem anderen zu begegnen. Keller nickte fast unmerklich.

Bienzle fuhr herum. Er sah an der Tür einen Mann, der ihm bekannt vorkam. Der Mann lächelte. Und an seinem Lächeln erkannte ihn der Kommissar. Er hatte ihn am Nachmittag gesehen – am Tisch von Hannelore, draußen im Waldheim.

Wie der Blitz war Bienzle auf den Beinen. Er startete, noch ehe der Mann an der Tür richtig begriffen hatte, was geschah. Auch Keller hatte sich erhoben, aber er legte nur behutsam Geld auf den Tisch und ging dann schnell in die andere Richtung, wo eine zweite Tür zum Treppenhaus führte.

Bienzle erreichte die Tür, als der Mann gerade die erste Stufe der mit tiefen Teppichen ausgelegten Treppe betrat.

«Stehenbleiben, Polizei!» brüllte Bienzle, wohl wissend, daß dies allenfalls den Effekt hatte, die Flucht des anderen zu beschleunigen.

Der Mann hastete nun in riesigen Sätzen die Treppe hinunter. Bienzle schrie: «Bleiben Sie stehen!» Lächerlich, schoß es ihm durch den Kopf. Jeder Polizist würde zu Tode erschrecken, wenn ein Flüchtiger auf einen solchen Zuruf plötzlich ruckartig stehenbliebe.

Der Mann blieb nicht stehen, er kam zu Fall. Ein Kellner hatte ihm einfach eine mit einer silbernen Haube bedeckte Fleischplatte zwischen die Beine geworfen. Nun lag der Flüchtige zwischen Braten, Sauce und Gemüse am Fuß der Treppe. Er rappelte sich gerade auf, als Bienzle die letzte Stufe erreichte. Das Gesicht, saucenverschmiert, war in Fußhöhe, und Bienzle trat zu.

Noch nie hatte er einen Menschen angegriffen.

Jetzt stand er zitternd da und hielt sich mit der linken Hand am Geländer fest, während er mit der rechten die Handschellen von seinem Gürtel hakte. Als er sie um die Handgelenke des Mannes zuschnappen ließ, sagte er leise: «'zeihung.»

Vom Hotel aus hatte er den Kommissar vom Dienst angerufen, danach Gächter, der die Sonntage in aller Regel zu Hause verbrachte, um sich, wie er sagte, ganz dem Genuß hinzugeben, keinen Menschen sehen zu müssen. Haußmann hatte ohnehin Bereitschaft.

Der Besitzer der *Zirbelstuben* hatte Bienzle und seinen Gefangenen in ein Nebenzimmer bugsiert. Dort saßen sie sich nun an einem Tisch gegenüber. Der Mann blutete am Kinn und an der Stirn. Sein hellblauer Anzug war übel zugerichtet. Bienzle sah ihn genauer an. Er war überschlank, dürr nannte man so einen Kerl auf schwäbisch. Das Gesicht wirkte selbst jetzt noch offen und sympathisch. Das dichte schwarze Haar war links sauber gescheitelt. Die Augen lagen ziemlich tief. Der Mund wirkte ein wenig zu klein. Der junge Mann erwiderte Bienzles Blick ohne erkennbare Angst.

Bienzle holte ein Versäumnis nach: «Sie sind vorläufig festgenommen», brummte er, «ich mache Sie darauf aufmerksam …»

«Aber warum?» fuhr der junge Mann dazwischen.

«Unter anderem wegen dem, was Sie heute mittag im Waldheim zu Frau Schmiedinger gesagt haben.»

Der junge Mann lachte nur. Bienzle war klar, daß er nichts in der Hand hatte.

«Auf jeden Fall verklage ich Sie wegen Körperverletzung und Freiheitsberaubung», sagte der junge Mann, und dabei lächelte er ganz freundlich.

Bienzle wurde unsicher. «Wie heißen Sie?»

«Erich Senftleben, geboren 1957 in Hannover, wohnhaft in Esslingen / Neckar, Untere Burggasse 27, Beruf Vertreter», rasselte er herunter.

«Danke», sagte Bienzle. «Ausweis dabei?»

«Klar – immer!»

Bienzle ging nicht weiter darauf ein. «Sie arbeiten mit Herrn Keller zusammen?»

«Das ist ja wohl nicht strafbar?»

«Kommt drauf an.»

Es trat eine ungemütliche Pause ein. Bienzle gab sich schließlich einen Ruck: «Sie haben da ziemlich schlimme Sachen von sich gegeben heute mittag – sind die auf Ihrem Mist gewachsen?»

Erich Senftleben lächelte, aber er sagte nichts. Das Lächeln ließ er in seinem Gesicht stehen.

«Hallo, Lächler!» kam es plötzlich von der Tür. Gächter lehnte dort und drehte eine Zigarette. Er stand hinter Senftleben, konnte also gar nicht sehen, ob er lächelte oder nicht.

Senftleben blieb wie erstarrt sitzen; sein Lächeln war in eine seltsame Starre übergegangen.

«Du kennst ihn?» fragte Bienzle.

Gächter nickte kurz. Er kam langsam um den Tisch herum und starrte in das blutverkrustete, noch immer lächelnd verzerrte Gesicht.

«Wir haben Uygul festgenommen», berichtete er lakonisch.

«Das ging aber schnell!» sagte Bienzle.

«Heute morgen schon.»

«Was? Ich hab doch grad erst die Einsatzleitung ...»

«Neidlinger hat etwas gewußt, Önökül auch, und ich hab heut nacht ein paar Überstunden gemacht ... Du kennst das ja, Lächler!» Gächter versuchte auch ein Lächeln, aber es geriet zum Fürchten.

Bienzle zog die Kassette aus der Tasche. «Da soll ein Geständnis von Uygul drauf sein.»

«Ein gezinktes vermutlich», sagte Gächter, «und womöglich noch auf türkisch.»

Bienzles Verwirrung nahm noch zu.

«Also, Lächler», sagte Gächter, «was ist Sache?»

Senftleben lehnte sich zurück. Sein Gesicht sah plötzlich unbekümmert aus. «Sache ist, daß ihr diesmal zu schnell, dilettantisch und viel zu risikoreich zugeschlagen habt. Wenn Uygul wirklich schon verhaftet ist, dürfte die Kleine von ihm» – er deutete auf Bienzle – «inzwischen ihre Wohnung an der Staffelstraße unfreiwillig verlassen haben.»

«Bluff», sagte Gächter.

Senftleben lächelte.

Bienzle griff nach dem Telefon, das auf einem schmalen Schränkchen an der Wand stand. Er wählte hastig und wartete lange, wobei er fühlte, wie ihn Panik erfaßte. Er war nicht mehr fähig, den Hörer zurückzulegen.

Gächter nahm ihm den Hörer sanft aus der Hand und sprach beruhigend auf ihn ein: «Ganz ruhig jetzt, Ernst; du mußt jetzt ganz ruhig bleiben.»

Aber es wirkte nicht. Mit einem lauten Aufstöhnen stemmte sich Bienzle aus dem Sessel hoch und ließ sich vornüberfallen. Seine Hände klatschten flach auf die Tischplatte, die Arme stützten den schweren Brustkasten wie Säulen. Sein Gesicht war sehr dicht vor dem Senftlebens.

Der Lächler rückte seinen Körper so weit zurück, wie es die Sessellehne zuließ. «Ich … Ich … Ich weiß nichts, Herr Kommissar», stammelte er. «Wirklich, es ist wahr.»

«Zu spät zum Lügen», sagte Gächter kalt. «Für dich gibt's überhaupt nur noch eine Chance: Die Wahrheit!»

Bienzle rührte sich nicht. Er wirkte wie ein Vorstehhund vor seinem Opfer. Das Wild war gestellt und verbellt. Gächter sagte:

«Ich werde den Kommissar nicht daran hindern, wenn er jetzt eine Unbesonnenheit begehen sollte.»

Einen Augenblick war es ganz still. Bienzle kam zu sich. Unbesonnenheit, hatte Gächter gesagt … Hatte er ihn gemeint?

Senftleben sagte: «Ich hab das nur so gesagt. Ich glaube nicht, daß Fräulein Schmiedinger etwas zugestoßen ist.»

Bienzle ließ sich ächzend zurückfallen, während Gächter telefonisch einen Streifenwagen zu Hannelores Wohnung beorderte.

«Wo könnte sie noch sein?» fragte er den Kommissar.

Bienzle zuckte die Achseln.

«Ich habe mit ihr telefoniert», sagte Senftleben plötzlich.

«Du?» Gächter sah den Lächler ungläubig an.

«Vor 'ner Stunde. Als mich der Kommissar gesehen hat, hab ich grade …» Das Gesicht des jungen Mannes zeigte jetzt wieder ein breites Lächeln. «… sozusagen Vollzug gemeldet.»

Bienzle war unfähig, etwas zu sagen oder sich zu bewegen.

«Und was hattest du ihr mitzuteilen?» fragte Gächter.

«Laß, ich will's gar nicht wissen. Das heißt, ich kann's mir denken. Von wo hast du angerufen?»

«Was krieg ich, wenn ich hier singe?»

«Frag lieber, was du kriegst, wenn du nicht singst!»

Zum erstenmal meldete sich Bienzle wieder. «Jeder Ganove bietet uns heute Geschäfte an.»

«Ich habe von der Zelle an der Staffelstraße aus angerufen, und als sie dann aus dem Haus rannte, habe ich – wie zufällig – dagestanden.» Er lachte. «Das hat gewirkt!»

«Jetzt nur noch eine letzte Frage: Wer ist dein Auftraggeber – dieser saubere Herr Keller?»

Der Lächler nickte ergeben.

14

Bienzle fuhr langsam durch die Straßen des Stuttgarter Ostens. Eine stille Wut breitete sich in ihm aus. Eine Wut ohne Ziel, die sich schließlich gegen ihn selbst richtete. Ernst Bienzle hatte das Gefühl, in jeder Hinsicht versagt zu haben. Er, dem jeder Kollege bestätigte, er habe ein völlig ungebrochenes Selbstbewußtsein, überlegte, ob es nicht besser wäre, sich ein für allemal entbinden zu lassen, den Abschied zu nehmen, irgend etwas zu tun, nur nichts, was ihm Verantwortung für sich und andere auftrug.

Draußen wurde es langsam dunkel. Ein sonniger Sommersonntag ging zu Ende, ein Tag, der so schön begonnen hatte. Er hätte glücklich sein können. Seitdem er sich auf diese Liebe zu Hannelore Schmiedinger eingelassen hatte, hatte er plötzlich wieder Lust auf die Zukunft, und er genoß dieses neue Zusammensein – die stillen Gespräche abends auf dem Balkon, die Wanderungen Hand in Hand, die nach vielen Jahren wieder aufgenommenen Theaterbesuche; die Vertrautheit, die immer da war, auch wenn sie lange nicht miteinander sprachen ... All das schien gefährdet. Sein Beruf war schuld, seine Verstrickung in der Welt des Verbrechens, die seine Arbeit und seinen Alltag bestimmte.

Bienzle schaltete ruckartig und zu früh in den nächstniederen Gang. Er wurde gegen das Steuer geworfen. Ein paar verspätete Fußballfans kamen aus den Kneipen rund um das Neckarstadion und ließen sich über die gepflasterte Straße treiben. Bienzle hupte. Die draußen lachten und führten abstruse Pantomimen auf. Die Wut in Bienzle kochte unter seiner Schädeldecke; er gab Gas. Nur mit Mühe konnten sich ein paar laut fluchende und mit den Fäusten drohende Jungen auf den Gehsteig flüchten.

Bienzle erreichte endlich die Staffelstraße, parkte und ging die Treppen zu Hannelores Wohnung hinauf. Sie war nicht da. Zwar hatte er einen Schlüssel in der Tasche, aber er setzte sich auf die Treppe und zündete sich ein Zigarillo an.

Die Passanten, die schwer atmend treppauf und leichtfüßig treppab an ihm vorbeikamen, schien er gar nicht zu bemerken. Wie oft hatte er schon so gestanden oder gesessen – ohne ein Gefühl für Zeit –, wenn er selbst eine Beschattung übernommen hatte. Gächter verglich ihn dann mit einer lauernden Katze ...

Als Hannelore die Treppe heraufkam, fühlte er, wie eine warme Welle über ihn hinwegging. Sie stieg sehr aufrecht, Stufe um Stufe, den Kopf etwas zurückgeworfen, eine Hand am Geländer. Sehr zerbrechlich sah sie aus und zugleich auch sehr stark.

Sie beugte sich zu ihm herab, als sie ihn erreicht hatte, und küßte ihn. Dann gingen sie ins Haus.

15 Am Montag berichtete Bienzle dem Präsidenten ausführlich. Der Mordfall Poskaya konnte als abgeschlossen gelten. Uygul hatte ein umfassendes Geständnis abgelegt. Es entsprach, wie schnell festzustellen war, fast wörtlich dem Text auf der Tonbandkassette, die Bienzle von Keller erhalten hatte.

«Irgend etwas stimmt nicht», sagte Bienzle.

«Warum? Selten war ein Fall klarer», meinte Hauser.

«Eben drum. Du kennst den alten Ganovenspruch: Solange der Tiger gereizt ist, verhält man sich ruhig ... Niemand war mehr daran gelegen, den Fall Poskaya abzuschließen, als denen, die offensichtlich den Mord bestellt haben.»

«Uygul spricht nur von persönlichen Motiven.»

«Kein Wort glaub ich davon! Ich bin noch nicht einmal sicher, ob der überhaupt etwas mit Poskayas Ermordung zu tun hat.»

«Mach's halblang!» Hauser nahm sich ungefragt ein Zigarillo aus Bienzles Schachtel und zündete es umständlich an. «Kein Mensch nimmt einen Mord auf sich, der ihn lebenslang hinter Gitter bringt, wenn er nicht ...»

«... gute Gründe dafür hat», unterbrach ihn Bienzle.

«Ich kann mir ehrlich gesagt keinen Grund vorstellen, der so stark wäre.»

«Wir sind ja auch keine Türken. Wart mal die Verhandlung ab! Wie oft hast grad du uns eingepaukt, daß mr ein Geständnis net als endgültige Beweis nehme darf. Wir haben keine Fingerabdrücke, kei Zeugenaussag, kei einzigs Indiz – bloß das Geständnis ... Kei Richter in ganz Deutschland verurteilt daraufhin einen Angeklagten.»

Hauser wurde es sichtlich unbehaglich. «Ich habe die Pressekonferenz schon einberufen.»

«Richtig!» lobte Bienzle. «Wir sollten tatsächlich so tun, als ob der Tiger sich beruhigt schlafen gelegt hätte.»

«Aber was vermutest du denn?»

Bienzle kratzte sich am Kinn. «Wenn ich des no scho so genau wüßt... Die Organisation plant etwas Größeres, des isch klar. Es sieht so aus, als ob sie unter Zeitdruck wär. Sie könnet ja au net wisse, wieviel so Kerle wia Önökül ond der Neidlinger verratet, net wahr? Au wenn die net viel wisset, könnt's ja doch sei, daß sie ons auf was bringet.»

«Mein lieber Mann ...» Hauser stieß nervös kleine Rauchwölkchen aus. «... soviel Vermutung und sowenig Fakten – das hatten wir auch noch nicht oft.»

Bienzle lächelte. «Mr darf net undankbar sei, Herr Präsident. In der letzten Woche haben wir mehr Erfolge gegen das organisierte Verbrechen erzielt als im ganzen Jahr davor.»

«Soll ich dich jetzt lobe?» fragte Hauser ironisch.

«Ha klar – ond zur Beförderung vorschlage!» Bienzle sah sehr selbstzufrieden aus.

«Ohne Kurs und Prüfung?»

«Auf Grund besonderer Begabung halt.»

«Bienzle, Bienzle, an deiner Stell wär ich froh, daß ich wieder an meim alte Schreibtisch hocke dät.»

Bienzle erhob sich. «Soll ich dir was sage, Herr Präsident? Geschtern noch wollt ich da Bettel hinschmeißa.»

«Was? Ja, und was dann?»

«Aufhöre halt, in den Ruhestand gehe! Oder mich selbständig mache, wie der Doktor Nobel.»

«Mit zweiundvierzig?»

«Warum net? Mei Scheidung kann i sowieso kaum zahle, wenn ich Beamter bleib.»

«Und dann machst du a kleins Zigarregschäftle auf, oder was?»

«Warum net? Vielleicht geh ich auch zur Zeitung und schreib Polizeireportagen. Oder ich mach Musik, wie der Doktor Nobel.»

«Der mußte aber gehen, damals!» Hauser schien verwirrt, bei Bienzle wußte man nie so genau, was er ernst meinte und was nicht. Hunderte von Untersuchungshäftlingen hatten sich schon darüber beschwert. «Mach mr bloß koine Fisematente», sagte Hauser unsicher.

«Als ob ich nach deiner Meinung schon mal was anders gmacht hätt!» Bienzle lächelte seinem Chef noch einmal zu und ging schnell hinaus.

Im Korridor standen zwei Journalisten und lachten über einen Witz, den der eine gerade dem anderen erzählt hatte. Bienzle blieb stehen.

«Ihr zwei seid wohl die ganze Pressekonferenz?»

«Schon mal was von Pressekonzentration gehört?» sagte der ältere der beiden, ein dicklicher Mann um die Fünfzig mit einem gelblichen Gesicht und weit vorspringenden Basedowaugen.

«Können Sie uns schon was sagen?» fragte der Jüngere, ein Anfangzwanziger in modischen Jeans und einem roten T-Shirt mit der Aufschrift *University of Hohenheim.*

Bienzle druckste herum. «Wann sind Sie denn beim Chef?»

«In zehn Minuten», sagte der ältere Journalist.

«Dann kommen Sie doch schnell noch in mein Büro.»

Das waren sie nicht gewohnt. Bienzle galt zwar als ein Mann, der für sein Leben gern Pressekonferenzen abhielt und auch ein Meister darin war, schlagfertig die Rituale solcher Veranstaltungen zu absolvieren, aber noch nie hatte er den Bitten einzelner Journalisten nachgegeben – es sei denn, er brauchte sie für konspirative Zwecke. Das war auch den beiden Reportern klar. Sie verständigten sich mit einem Blick und ließen sich dann von Bienzle informieren.

Der Fall sei so gut wie erledigt, sagte der Kommissar. Dasselbe werde ihnen auch Hauser gleich mitteilen. Uygul sei nach bestimmten Aussagen des bereits einsitzenden Neidlinger und des Türken Önökül festgenommen worden. Außerdem habe der Staatsbürger Fritz Keller, ein Makler, wesentlich dazu beigetragen. Man sei froh, so schnell zu einem Ergebnis gekommen zu sein. Organisiertes Verbrechen? Davon könne man in Stuttgart eigentlich nicht sprechen. Man sei ja schließlich nicht in Chikago oder Frankfurt, nicht wahr! Die paar Ansätze habe man im Keim ersticken können. Natürlich, ein Dealer-Problem gebe es nach wie vor, aber auch da habe man erhebliche Fortschritte gemacht, wie die beiden Herren ja wüßten.

Der ältere Journalist fragte schließlich: «Und Sie glauben, daß wir Ihnen das abnehmen?»

«Was?» fragte Bienzle unschuldig.

«Sie spielen den Fall doch ganz deutlich herunter. Was wollen Sie denn damit erreichen?»

Bienzle sah den Journalisten an. «Wenn Sie mich im Sinne des von mir soeben Vorgetragenen zitieren, habe ich nichts dagegen. Zugegeben, es sind keine spektakulären Äußerungen, aber auch der Polizeialltag besteht nun mal nicht nur aus aufsehenerregenden Geschichten, nicht wahr?»

Der ältere Journalist bekam einen listigen Blick. «Mal angenommen, wir bringen das so oder so ähnlich, kriegen wir dann das nächste Mal auch als erste den Tip, wenn's wieder spektakulärer wird?»

Bienzle holte eine Cognac-Flasche und drei Gläser aus seinem Schreibtisch. Er goß umständlich ein, bediente sich selbst, prostete, trank und sagte, als er sein Glas wieder absetzte:

«Genau das wollte ich Ihnen sowieso gerade versprechen.»

16 Erich Senftlebens Gesicht war mit zwei Pflastern verziert. Er hatte nichts dagegen gehabt, daß Bienzle ihn in seiner Zelle im Stammheimer Untersuchungsgefängnis besuchte. Aber auch hier kannte Bienzle ein paar Leute – und Senftleben saß schließlich nicht im Hochsicherheitstrakt.

Eigentlich geht das gar nicht – dafür sind Sprechzimmer da, mit denen verglichen die Zellenluft den Charme eines Biedermeier-Boudoirs hat. Wie immer, wenn der Kommissar durch die vielen Sicherheitsprüfungen in der Stammheimer Festung ging, überfiel ihn auch heute das Gefühl der Platzangst. Er beeilte sich sehr, durch die langen Korridore zu kommen. Die Grüße einiger Bewachungsbeamten erwiderte er ausgesprochen unfreundlich und abweisend. Er wußte ja, daß die Männer nichts dafür konnten, welche Kälte und Menschenfeindlichkeit hier jede Wand ausstrahlte, aber er konnte und wollte sich auch nicht vorstellen, wie es ein Beamter aushalten konnte, hier Tag um Tag Verwalter des menschlichen Elends zu sein.

«Wann komm ich endlich raus?» war Senftlebens erste Frage.

«Kommt drauf an», sagte Bienzle. «Ich hab ganz persönlich was gegen Sie, Herr Senftleben, das sollten Sie ruhig zur Kenntnis nehmen, und deshalb werde ich alles tun, um Ihnen ordentlich was nachzuweisen. Dafür mache ich sogar Überstunden. Wenn Sie freilich eine gewisse Wiedergutmachung ...» Er ließ den Satz in der Luft hängen.

Der Lächler verzog sein Gesicht zu einer Grimasse. Er hob Zeigefinger und Daumen der rechten Hand vor Bienzles Gesicht und machte zwei dicht beieinanderliegende Balken daraus. «Ich bin doch nur so ein kleines Licht, Mann. Ich weiß doch nicht, was läuft.»

«Dann erzählen Sie doch bitte noch mal genau, wie Sie auf Frau Schmiedinger angesetzt worden sind.»

«Steht alles im Protokoll.»

«Reden Sie!» Bienzle hockte sich auf das schmale Eisenbett.

«Na ja, Keller hat mich bestellt.»

«Wohin?»

«In den Schloßpark an den Eckensee; da, wo's zur Oper geht.»

«Bestellt er Sie immer dorthin?»

«Ja, das ist der übliche Treff.»

«Schon letztes Jahr?»

«Klar.»

«Na, dann erzählen Sie mir doch erst einmal ein bißchen was über die Aufträge aus den letzten Jahren.»

«Scheiße», sagte der Lächler, «daß ich auf so was reinfalle ... Also gut, ich geb's zu: Ich arbeite schon seit 78 für den Keller.»

«Ausschließlich?»

«Er glaubt's zumindest.»

«Okay. Was sind das für Aufträge?»

«Mal sind es Kurierdienste, mal muß ich jemand einschüchtern – das wissen Sie ja; mal hat er mich mit ein paar anderen zusammengespannt, wenn jemand ausgeflippt war und wieder in die Reihe gebracht werden mußte ... So Sachen halt.»

«Mhm ... Haben Sie auch bei den Wirten und Geschäften kassiert, denen die Organisation Schutz bietet?»

«Nein, nie. Das machen nur die Ausländer.»

«Ist Keller der Boss?»

«Er ist *mein* Boss.»

«Sie haben die Frage verstanden, nicht wahr? Ich will wissen, ob er die Organisation leitet.»

«Weiß ich nicht genau, aber ich denke, daß er nur so 'ne Art Unterchef ist. Also, hier in Stuttgart ist er schon der Boss, klar, aber das ist wohl bloß so 'ne Art Filiale, wenn Sie wissen, was ich meine.»

Bienzle lehnte sich weit zurück, bis er hinter seinen Schulterblättern die kalte Wand spürte. Er sah Senftleben ruhig an. «Das, was Sie mit meiner Freundin angestellt haben, macht Ihnen das eigentlich Spaß?»

Der Lächler ging in der schmalen Zelle auf und ab. Schließlich blieb er vor Bienzle stehen und sah auf ihn herab. Er lächelte, als er sagte: «Kellers Stärke ist es, die Leute so einzusetzen, daß sie auch noch Vergnügen haben bei dem, was sie machen, verstehen Sie?»

Bienzle nickte ein paarmal. «Diese Drohung mit der Vergewaltigung ...»

Der Lächler kicherte. «Ich krieg 'n Steifen, wenn ich das mach. Und deshalb bin ich dafür auch der beste Mann!»

Bienzle nickte wieder. Seltsamerweise war er weder angeekelt noch aufgebracht. Er dachte, daß Keller ein guter Psychologe sein mußte und daß er offensichtlich mehr von Mitarbeiterführung verstand als mancher seriöse Manager.

«Was macht Ihnen mehr Spaß», fragte Bienzle langsam, «die Androhung oder die Ausführung?»

«Sind Sie verrückt? Ich würde so was doch niemals wirklich *machen*! Haben Sie denn keine sexuellen Phantasien, Mann? Denken Sie nicht auch manchmal nachts daran, beim Onanieren oder vorher halt, was Sie mit 'ner Frau alles anstellen könnten? Und dann geht Ihnen einer ab, und alles ist wieder okay ... Mann, darüber kann man doch reden!»

Bienzle war rot geworden. Der Lächler redete weiter:

«Aber das heißt doch nicht, daß ich das alles, was ich mir vorstelle, auch *mache*! Mann o Mann, wenn das alle täten, das wär vielleicht 'ne Welt ... Nun mal raus mit der Sprache, Kommissar, ich bin ja auch ehrlich gewesen: An was denken Sie, wenn Sie 'n Steifen kriegen?»

Bienzle sagte: «Jedenfalls nicht an Vergewaltigung.»

«Feigling!» Der Lächler setzte sich enttäuscht auf den einzigen Stuhl in der Zelle.

«Was wissen Sie über Kellers Aktivitäten?» fragte Bienzle schnell, um das Thema zu wechseln.

«Nichts, absolut nichts. Und fragen Sie mich auch nicht, ob mir noch was einfällt. Mir fällt null ein, da können Sie sich drauf verlassen. Gestern war mein Rechtsanwalt da. Er meint, daß Sie mich nicht mehr lange hierbehalten können. Die paar Tage, die Sie mir noch aufbrummen, schaff ich locker. Ich hab schon meine ersten Geschäfte hier angeleiert. Im Knast kann man locker ein paar Riesen verdienen; man muß nur wissen, wie's geht. Da sitzt einer, der hat draußen Geld wie Heu, und für den gibt's 'ne Menge zu erledigen – drinnen und draußen … 'n richtiger Glücksfall für mich – ehrlich! –, daß Sie mich eingebuchtet haben. Das könntense öfter machen. Für 'ne Woche oder so, und ohne richtigen Grund. Dient der Akquisition!»

Bienzle ließ ihn ruhig ausreden. Dann versuchte er es mit einer Lüge.

«Neidlinger sagt, Sie hätten über ein Jahr gedealt.»

«Dafür kriegt er ein paar in die Fresse, sobald ich ihn sehe. Er is ja auch hier drinne. Sowenig ich Frauen vergewaltige, sowenig verschaff ich den Süchtigen Stoff. Es gibt Dinge, die tu ich nicht, Kommissar – ob Sie's glauben oder nicht. So was werden Sie mir nie nachweisen. Nicht, weil Sie zu dämlich sind oder weil ich zu clever bin, nie: Weil so was bei mir nicht läuft.»

Bienzle stand schwerfällig auf. «Ich hab's bloß versucht; Neidlinger hat keine derartigen Angaben gemacht.»

Senftleben bekam ganz schmale Augen. «Und für so was kommt einer wie Sie nicht in den Knast, was?»

«Komm, komm», brummte Bienzle, «bei der Rechnung,

die zwischen uns offen ist, war das noch nicht einmal eine kleine Anzahlung.»

«Trotzdem», sagte Senftleben.

Und Bienzle wußte, daß er recht hatte.

Da er schon einmal in Stammheim war und die ersten dumpfen Ängste überwunden hatte, ließ er sich noch zu Neidlinger bringen. In der Zelle nahm er den gleichen Platz ein wie bei Senftleben.

«Wer hat Ihnen gesagt, Sie sollten eine Aussage über Uygul machen?» fragte Bienzle.

Neidlinger wirkte nervös, abgespannt und ängstlich. Er knetete seine Hände. Vielleicht war es doch nicht so einfach, im Knast den Stoff zu bekommen, den er brauchte.

«War's Ihr Rechtsanwalt?» fragte Bienzle freundlich.

«Er sagt, das könnte mir helfen.»

«Woher wußten Sie denn, daß Uygul den Poskaya erstochen hat?»

Neidlinger preßte die Lippen aufeinander.

«Etwa auch von Ihrem Rechtsanwalt?»

«So ein Unsinn!» sagte Neidlinger übertrieben forsch.

«Woher bekommen Sie Ihren Stoff?»

«Brauch ich nicht. Ich bin ein Gelegenheitsfixer.»

«Das gibt's nicht.»

«Sie müssen's ja wissen!»

«Wer ist Ihr Anwalt?»

«Doktor Kröglin aus München.»

«Aus München? Wer zahlt das denn für Sie?»

«Ich habe eben Freunde.»

«O du liabs Herrgöttle vo Biberach ...» Bienzle stand auf. «Sie sind gerade achtzehn geworden, und Sie sind deshalb auch allein verantwortlich für das, was Sie tun und sagen. Aber ich würde Ihnen doch gern etwas zu bedenken geben: Sie glauben jetzt, daß die Leute, für die Sie arbeiten und für die Sie letztlich auch hier im Knast sitzen, Ihre Freunde sind – so was wie 'ne Familie, bei der man gut aufgehoben und versorgt ist ... Das glauben Sie doch?!»

«Labern Sie doch an, wen Sie wollen!» Neidlinger wandte den Kopf ab und starrte zum Gitterfenster hinauf, das unter der Decke angebracht war.

«Ich seh schon, es nützt nichts ...» Bienzle verließ die Zelle.

Der Beamte, der hinter ihm abschloß, sagte: «Der Bub kann eim leid tun.»

Bienzle blieb stehen. «Wie meinen Sie das?»

«Abends sitzt er auf seinem Bett und heult wie ein Schloßhund.»

«Er ist ja erst zwei Abende da», sagte Bienzle, gerade so, als ob er sich dafür verteidigen müßte, Neidlinger hier eingeliefert zu haben.

«Trotzdem ...» Der Beamte blieb stehen und sah sich vorsichtig um: «Unsereiner kennt seine Pappenheimer; bei uns wird man Menschenkenner, ob man will oder nicht.»

Bienzle antwortete säuerlich: «Sie vielleicht, aber ob das auf alle zutrifft? Vor ein paar Jahren haben drei Ihrer Kollegen in Mannheim einen Häftling so zusammengeschlagen, daß er nie wieder aufgestanden ist – einen wehrlosen Mann!»

«Erzähl ich Ihnen halt nichts mehr!» brummte der Schließer trotzig.

«Warum sind Sie denn so empfindlich, Kollege?» fragte Bienzle schnell. «Gibt's hier so was wie eine Kantine?»

«Schon, aber da kann mr net schwätze.»

«Dann vielleicht mal abends a Viertele?» fragte Bienzle.

«Warum net.»

«Saget Se mr bloß noch – hat der Neidlinger was Wichtigs von sich gebe?»

«Ich hab ihn halt gefragt, ob er keine Eltern hätt ond ob mr die net benachrichtige sollt …» Der Schließer verfiel in den Dialekt – wie Bienzle, sobald er mit einem anderen Schwaben ein wenig vertraulich wurde.

«Ond?» fragte Bienzle.

«Er hätt bloß noch a Mutter, sagt er, ond wenn die net wär, no wär er noch auf dr Schul ond net off dr schiefa Ebene – des ischt jetzt mei Formulierung, des mit dr schiefa Ebene.»

«Wisset Sie, wo die Mutter wohnt?»

«Noi, aber vielleicht sagt er mir's. I bring ihm nachher noch was zum Lesa.»

«Was liest er denn?»

«Perry Rhodan ond Jerry Cotton.»

«Aha, ond des kaufet Sie jetzt?»

«Noi, do han i gnug davon drhoim. I les des Zeugs au, wisset Se.»

Bienzle verließ den Menschenkenner etwas überhastet. An der Pforte begegnete er einem Rechtsanwalt, den er aus dem alten Weinlokal *Kiste* kannte und der eine Zeitlang selbst in dieser Trutzburg eingesessen hatte. Bienzle grüßte.

Der Anwalt erwiderte erstaunt:

«Daß Sie sich trauen, mich hier öffentlich zu grüßen!»

Bienzle blieb stehen. Er lachte. «Ja, warum denn net?» Er gab dem anderen die Hand. «Mr kennet uns doch gut genug. Wie geht's Ihne denn?»

«Seitdem ich wieder draußen bin, besser.»

«Und was machet Sie hier, Sie praktizieret doch no net wieder?»

«Leider net, aber irgendwann … Vorläufig bin ich ‹juristische Hilfskraft› bei einem Kollegen.» Er machte eine etwas dramatische Geste. «Und wie geht's bei den Bullen?»

«Da ändert sich au net viel», sagte Bienzle freundlich. «Ich war mal in Ihrem Prozeß.»

«Ich habe Sie gsehn … Wenn mr da obe sitzt, sucht mr die

Reihe immer wieder nach Gsichter ab, die eim wohltun könnet. Aber ehrlich gsagt, i wär net auf die Idee komme, daß bei Ihne a Art Mitgefühl ...»

«Interesse, Herr Doktor, Interesse.»

«Sie sind auch vorsichtig geworden», sagte der Anwalt, und sein asketisches Gesicht bekam einen schmerzlichen Ausdruck.

Bienzle kratzte sich am Kinn. «Wenn ich Ihnen hätt helfen können, hätt ich's auch getan.»

So wie sie sich beide wieder an die Schriftsprache heranmachten, wuchs auch wieder die Distanz, die für einen Augenblick aufgehoben schien.

«Na, dann will ich mal», sagte der Anwalt.

«Alles Gute», sagte Bienzle.

Sie gingen beide ein paar Schritte auseinander und blieben fast gleichzeitig noch mal stehen. Bienzle drehte sich um. Der Anwalt schaute über die Schulter.

Der Anwalt sagte: «Nichts ist verlogener als die Behauptung, daß man nach verbüßter Strafe wieder in die Gesellschaft aufgenommen werde.»

Bienzle machte wieder einen Schritt auf ihn zu. «Wie wär's mit ema Viertele in der *Kischt*?»

«Da geh i nimmer hin», sagte der Anwalt, «da sitzet so viele Rechte, die gar net verstande könnet, daß se mi scho wieder rausglasse habet.»

«Dann beim Costas?»

«Einverstande.»

«Wann?»

«Heut abend von mir aus.»

«Um achte?»

«Gern.»

Sie nickten sich zu. Der Anwalt trat durch die Pforte, Bienzle ging auf die Endhaltestelle der Straßenbahn zu. Er setzte sich in den bereitstehenden Wagen und war froh, daß die Bahn nicht gleich losfuhr. Als sie endlich klingelte und anruckte, war er eingeschlafen.

17

Im Präsidium saß Gächter auf dem Fenstersims seines Amtszimmers und diktierte Haußmann einen Bericht in die Maschine.

«Ich war in Stammheim», sagte Bienzle. «Viel war gestern wohl nicht nötig, um den Neidlinger und den Önökül zum Sprechen zu bringen.»

«Stimmt.» Gächter sprang von seinem Sitz herhunter. «Lang geziert hat sich keiner. Ich diktiere gerade den Bericht.»

«Ischt der Haußmann jetzt dei Sekretärin?»

«Die Sekretärin hat sich krank gemeldet für zwei Tage.»

«Ist der Monat scho wieder rum?» fragte Bienzle und schaute auf seine Armbanduhr, um die Datumsangabe zu kontrollieren. «Oder werdet die Zyklen bei der immer kürzer?»

Haußmann sagte: «Es geht ihr wirklich nicht gut, wenn diese Tage bei ihr kommen.»

«Ich sag ja gar nichts, bloß daß die emmer ihre Tage im Anschluß ans Wochenende kriegt ...»

Bienzle schaute Haußmann über die Schulter. «Nach ‹Er behauptet› kommt ein Komma.»

Haußmann wurde rot und korrigierte den Fehler.

Gächter fragte: «Was rausbekommen in Stammheim?»

«Da ist so ein Wärter, der ein weiches Herz für den Neidlinger hat. Abends sitzt der Junge auf seiner Pritsche und heult. Er hat von seiner Mutter gesprochen, ohne die er gar nicht an Keller geraten wäre, oder so ähnlich.»

«Apropos Keller», sagte Haußmann, «nehmen wir den nicht irgendwann fest?»

«Sobald Sie Schlaumeier einen hinreichenden Verdacht beieinanderhaben.»

«Der Uygul ist ein getürkter Mörder», sagte Gächter plötzlich. «Ein türkischer getürkter ...»

Bienzle nickte ein paarmal. «Dasselbe denk ich auch schon die ganze Zeit. Und selbst wenn er's war, war er's nicht aus eigenem Antrieb.»

Pause. «Was machen wir denn jetzt?» fragte Haußmann.

«Tja, wenn ich das wüßte ... Einen Täter haben wir. Morgen steht's in der Zeitung; der Staatsanwalt ist ganz glücklich, weil's doch so ein eindeutiger und glatter Fall ist, ond falls heut koiner mehr oin umbringt, steht ons morga a ruhiger Tag ins Haus.»

«Aber Sie finden sich mit der Version doch gar nicht ab», sagte Haußmann irritiert.

«Vorerst schon.» Bienzle zündete sich ein Zigarillo an. «Aber bloß vorerst!»

Das Telefon klingelte. Haußmann nahm ab. Der Vollzugsbeamte aus Stammheim wollte Bienzle sprechen.

«Die Frau heißt Edith Baumeister», sagte er.

«Neidlingers Mutter?»

«Ja; sie hat wieder geheiratet.»

«Vielen Dank, Herr Kollege», sagte Bienzle. «Sonst noch was?»

«Ja, die Adresse ... Er hat ihr nämlich einen Brief geschrieben. Einen bitterbösen, voller Beschuldigungen.»

Bienzle verzog das Gesicht, aber er wollte dann doch nicht fragen, woher der Beamte so genau wußte, was in dem Brief stand.

«Stellen Sie sich vor», drang die Stimme aus dem Telefonhörer, «er nennt sie eine ...» Der Beamte senkte die Stimme und flüsterte kaum vernehmlich. «... eine Nutte! Und dann schreibt er noch, ihre Stuttgarter Freunde sind auch nichts Besseres als Zuhälter. Und am Ende verlangt er 30000 Mark, sobald er rauskommt, sonst wird er auspacken.»

«Hervorragende Arbeit», sagte Bienzle mit einem Gesicht, als ob er in eine Zitrone gebissen hätte.

«Man hilft doch gern», sagte der Schließer. «Wollen Sie nun die Adresse?»

«Sicher, klar.»

«Habt ihr eigentlich nicht so einen Fonds», fragte der Mann aus Stammheim, «für Recherchen und so was – Sie wissen schon ...»

«Ach, Sie meinen den Schmiergeldfonds?» fragte Bienzle treuherzig. «Ja, ja, den gibt's – wenn wir zum Beispiel Leute aus der Unterwelt bestechen müssen, weil wir anders nicht an Informationen kommen.»

«Ich dachte nur, weil ich doch ... Ich meine ...»

Bienzle schüttelte den Kopf und sagte gleichzeitig: «Ja, ich denke, daß man da was machen kann.»

«Also, die Adresse», sagte nun der Vollzugsbeamte schnell: «Kirschgasse 44 in München 80.»

«Danke», sagte Bienzle und legte schnell auf.

«Eine Spur?» fragte Gächter.

«Noch nicht mal der Hauch einer Spur. Aber ich denke, daß ich mal nach München fahren sollte.»

«Den Kollegen Gerstl besuchen, was?» Gächter grinste. «In München steht ein Hofbräuhaus!»

«Do ganget sowieso bloß Preußa ond Bayern nei», konterte Bienzle.

Hannelore hatte sich auf den Abend bei Costas gefreut. Als Bienzle kam, saß sie schon da und redete mit Giorgos, dem immer freundlichen Stellvertreter des Wirts. Es war noch nicht sehr voll, Costas selbst noch nicht da. Bienzle bestellte einen Salat und das übliche Kalbskotelett.

Gleich darauf kam der Anwalt. Einige der Gäste schienen ihn zu erkennen, aber niemand schien sich zu wundern. Er ging auf Hannelore und Bienzle zu und begrüßte beide freundlich, für seine Art fast überschwenglich. Auch Costas setzte sich zu ihnen, als er kam und sah, daß Giorgos auch allein fertig wurde.

Bienzle vermied es, auf den Prozeß des Anwalts zu sprechen zu kommen, aber am Ende ließ es sich dann doch nicht vermeiden, wenigstens über die Knastmonate des Juristen zu reden. Sehr anschaulich schilderte der Anwalt, wie die Einsamkeit, das Eingeschlossensein und die Feindseligkeit mancher Vollzugsbeamter auf ihn gewirkt hatten.

«Warum waren die denn so feindselig?» wollte Hannelore wissen.

«Die Leute, die ich verteidigt habe und mit denen ich befreundet bin, hat das Leben im Gefängnis stark verändert. Es gab plötzlich neue Sicherheitsvorschriften; Freiheiten, die sich nach und nach eingeschlichen hatten, wurden schlagartig wieder eingeschränkt ... Alles, was das Leben hinter den Mauern ein bißchen erträglicher macht, war auf einmal wieder verboten. Das trifft die Beamten fast noch härter als die Gefangenen.»

Bienzle sagte: «Ich habe heute einen Jungen besucht, der sowieso labil ist; man müßte ganz schnell sehen, wie man ihn da rauskriegt.»

Der Anwalt lachte. «Das müßten Sie doch bei den meisten, vor allem, wenn sie noch jung sind. Wer in die Hierarchie des Knasts erst einmal eingebaut ist, bleibt ein Teil von ihr, auch wenn er wieder draußen ist.»

«Das verstehe ich nicht.» Hannelore schüttelte den Kopf.

«Es entsteht eine Art Solidarität und zugleich eine ganz starke Abhängigkeit von den wenigen starken Naturen da drin. Zum erstenmal wissen viele der jungen Gefangenen, wo es langgeht; ob es ihnen paßt oder nicht, sie kriegen ganz klare Koordinaten, innerhalb derer sie sich verhalten können und natürlich müssen ... Einer solchen Konstellation kann man sich nur schwer entziehen, glauben Sie mir. Sie können sich ja kaum vorstellen, wie dankbar man ist, wenn die Isolierung ein wenig kleiner wird, wenn es Menschen gibt, denen man sich mitteilen kann, die Interesse an einem zeigen – und sei es auch nur geheuchelt ... Ihr junger Delinquent hat seine Planstelle im System schneller weg als seine Anklageschrift, das können Sie mir glauben.»

«Ich glaub's ja», sagte Bienzle. «Ich weiß es, deshalb will ich ja was unternehmen. Ich hab sowieso kein gutes Gefühl, wenn ich an den Jungen denke. Hoffentlich passen die auf ihn auf!»

Hannelore strich sich die Haare aus der Stirn. Costas sagte:

«Könnt ihr auch von was anderem reden? Der Doktor ist wieder frei, oder? Da kann ich doch einen Demestica ausschenken, auf meine Kosten!»

Giorgos spendierte eine Mark für den Musikautomaten. Griechische Musik erklang, und sie tranken sich zu.

18

Bienzle war mit dem Intercity gefahren. Etwas über zwei Stunden. Er hatte einen Kriminalroman gelesen und war überrascht gewesen, wie sehr er ihn fasziniert hatte. Er hatte ganz vergessen, sich über Details zu ärgern, die mit dem Polizeialltag überhaupt nichts zu tun hatten und dennoch als Teil dieses Alltags geschildert wurden. In sich hatte die Geschichte gestimmt, wenn sie auch von der Polizeirealität ein gutes Stück entfernt war. Aber vielleicht durfte man ja gar nicht alles so originalgetreu nachmalen, so ganz realistisch schreiben – das wäre wahrscheinlich langweilig geworden ...

Weiter kam er nicht mit seinen Gedanken, denn der Taxifahrer sagte: «Die Kirschgasse ist a Einbahnstraßn von der anderen Seit.»

Bienzle bezahlte und stieg aus. Langsam bummelte er durch die enge Gasse, die wohl zu Schwabing gehörte. Ein paar Pornoläden, dazwischen sehr schick wirkende Boutiquen, zwei gemütliche Kneipen; plötzlich ein einzelner Baum, um den eine Bank lief, dann wieder Geschäfte. Eine kleine Bäckerei mit zwei runden Tischchen vor der Tür, an denen ein paar Männer Kaffee tranken.

Nummer 44 war ein Jugendstilhaus mit Stuckgirlanden über der Tür, Bogenfenstern in allen Stockwerken und einem durchgehenden Erker, der über die Hausecke gestülpt war. Bienzle suchte den Namen. *Edith Baumeister, Massagen*, las er.

Auf sein Klingeln ertönte fast gleichzeitig der Türsummer. Bienzle stieg die Treppe hinauf. An einer ausladenden Glastür mit grünen Scheiben stand eine fernöstliche Schönheit auf sehr hohen Absätzen in einem weißen hautengen Massagemantel, der lediglich von einem Knopf in der Taille zusammengehalten wurde. Bienzle schluckte.

«Ihl Wunsch, bitte?» sagte das Mädchen.

«Tja, ich wollte gern zu Frau Baumeister.»

«Flau Baumeistel ist in ihlem Bülo und sehl beschäftigt, kann ich fül Sie etwas tun?»

Bienzle schwitzte ein wenig. «Ich bin eigentlich nicht gekommen, um die Dienste ihrer Firma in Anspruch zu nehmen ...»

Ein Mann drückte sich schnell an ihm vorbei, warf ihm einen prüfenden Blick zu und rannte die Treppe hinunter.

«Sie sollten heleinkommen, auf jeden Fall», sagte das Mädchen und faßte ihn an der Hand.

Bienzle sah schnell an sich hinunter, denn ein kundiges Auge mußte die Erektion mit Sicherheit erkennen. Um sich zu helfen, zog er seinen Dienstausweis heraus und sagte: «Ich bin von der Polizei ... Allerdings hat das gar nichts mit Ihrem Etablissement hier zu tun. Es geht um den Sohn von Frau Baumeister.»

Eine hochgewachsene Afrikanerin im Bikini kam aus einer Tür und musterte den Kommissar. «Schwarz oder gelb?» fragte sie, und selbst diese drei Worte verrieten, daß sie urbayerisch sprach.

Bienzle lächelte. «Weder noch; ich bin dienstlich hier.»

Die schöne Schwarze zuckte die Achseln und ging durch den Korridor auf eine Tür zu, auf der *Sauna* stand.

«Ich welde Sie melden», sagte die Asiatin.

Das Büro von Frau Baumeister war luxuriös, und sie selbst paßte sehr gut in diese Umgebung. Sie trug ein fußlanges Kleid, tief ausgeschnitten und mit einer Leopardenfell-Imitation bedruckt. Der schwarzgepaspelte Rand des Dekolletés lief über die Kuppen ihrer Brustwarzen. Sie war braungebrannt und trug eine hochgetürmte blonde Frisur. Schmale Augen über hervorstehenden Backenknochen. Um den Mund verlief ein scharfer Zug; zwei Linien bildeten exakte Dreiecke neben den Mundwinkeln. Das Kinn wirkte spitz, aber energisch. Ihre Hände, die mit einem nachgebildeten Federkiel spielten, waren schlank und ausnehmend schön.

Bienzle hatte sich vorgestellt und gefragt, ob sie den Brief ihres Sohnes aus Stammheim erhalten habe.

«Er ist achtzehn Jahre alt und volljährig», sagte sie kühl. «Die Fehler, die er macht, hat er selber zu verantworten.»

«Ja, wenn's so einfach wäre», sagte Bienzle, «was er heute ist, mußte er ja erst einmal werden, und dazu hat er achtzehn Jahre gebraucht, nicht wahr – und eine Mutter natürlich.»

«Mir machen Sie kein schlechtes Gewissen», sagte Frau Baumeister.

«Brauch ich auch nicht; Sie haben schon eins.» Bienzle ließ sich vorsichtig in einen zerbrechlichen, mit rotem Samt bespannten Sessel sinken.

«Ich weiß gar nicht, was Sie von mir wollen.»

«Das will ich Ihnen gern sagen: Ich möchte wissen, wer die Leute sind, denen Sie Ihren Sohn ... Wie soll ich sagen – anvertraut haben, als er nach Stuttgart ging.»

«Das ist schon mal falsch», sagte sie grob. «Nicht er ging nach Stuttgart; er blieb dort. Und ich ging nach München.»

«Wann?»

«Vor zweieinhalb Jahren.»

«Da war er noch keine sechzehn.»

«Stimmt.»

«Also, wer hat ihn bei sich aufgenommen?»

«Ein Freund.»

«Keller?»

«Wer ist Keller?»

«Ich dachte, das sei Ihr Freund.»

«Nein.»

«Wer war es denn?»

«Ihre Art zu fragen gefällt mir nicht.»

Ein Mädchen kam herein. Sie trug nur einen Slip. «Der Kunde in drei will's französisch. Ich mach das aber nicht!»

«Immer das gleiche ...» Frau Baumeister bekam einen strengen Blick. «Du machst, was der Kunde verlangt!» Aus einem Fach unter der Schreibtischplatte zog sie eine Peitsche.

Das Mädchen sagte schnell: «Abigail sagt, sie übernimmt's für mich!»

«Ist er denn damit einverstanden?»

«Das bring ich ihm schon bei.»

«Na gut, diesmal noch.»

«Danke», sagte das Mädchen und eilte hinaus.

Bienzle starrte auf die Peitsche und dachte an Neidlinger. «Kennt Ihr Sohn diese Peitsche?» fragte er.

«Reden Sie keinen Unsinn», sagte Frau Baumeister. «Ich bin keine schlechtere Mutter als andere.»

«Das nennt man schwäbisch den sogenannten Lumpenbeweis.»

«Wie bitte?»

«Sie sagen, Sie seien auch nicht schlechter als andere. Sie sollten besser sein.»

«Herr ...» Sie suchte nach dem Namen und entschloß sich dann anders. «Herr Kommissar, in diesem Haus hier reden wir nicht von Moral, wenn's recht ist.»

«Gut. Aber Ihrem Sohn geht's schlecht.»

«*Sie* haben ihn eingesperrt.»

«Ich will das noch nicht einmal bestreiten», sagte Bienzle, «aber ohne Ihre Hilfe wird's kaum möglich sein, ihn da wieder herauszuholen.»

«So schlecht ist er ja vielleicht gar nicht aufgehoben.» Frau Baumeister hatte noch immer die Peitsche in der Hand.

«Es ist der schlechteste und gefährlichste Platz für ihn», sagte Bienzle. «Der Junge neigt zu Depressionen.»

Frau Baumeister langte sich ein Tuch vom Regal und legte es um ihre Schultern, um den Ausschnitt zu bedecken. «Gut, ich bin die Mutter. Sein Vater hat sich nie gekümmert, und ich hatte wenig Zeit. Alles zugegeben. Ich kenne all diese Reden, wie und warum einer kriminell wird ... Einmal in der Woche bedienen wir hier einen Landgerichtsrat, oder was der ist. Der hält Vorträge über das Laster, während ihn zwei Mädchen auf reichlich ungewöhnliche Weise um sein Sperma erleichtern. Manchmal sitzt er dann noch in dem Stuhl, in dem Sie sich gerade breitgemacht haben, und unterhält sich mit mir. Ich glaub zwar, er macht das nur in der Hoffnung, daß er sich in der Zeit regeneriert und noch ein zweites Mal kann … Ist ja auch egal. Auf jeden Fall hat der so seine Theorien über den Werdegang eines Verbrechers; er nennt es Karriere der Kriminalität oder so. Und auf Peter paßt das ja alles auch ganz gut. Aber ich kann deshalb nicht aussteigen hier und auf Mama machen. Das hab ich noch nie gekonnt.»

Bienzle sah sie an. «Das glaub ich Ihnen nicht.»

«Was glauben Sie nicht?»

«Daß Sie nicht auch eine gute Mutter waren. Erinnern Sie sich doch mal daran, wie das war, als er drei oder vier Jahre alt war.»

Sie seufzte und sagte dann sehr schnell: «Lassen Sie doch diese Sentimentalitäten. Haben Sie Kinder?»

Bienzle sah überrascht auf. «Noch nicht», sagte er, ohne nachzudenken.

Frau Baumeister lachte. «Dann wird's aber Zeit!»

Bienzle nickte unbewußt.

«Obwohl», sagte sie, «wenn man so sieht, was die Mannsbilder hier verspritzen, und das könnten lauter kleine Kinder werden …»

Bienzle mußte lächeln. «Das beste wäre, gar nicht erst geboren zu werden, aber wer hat schon das Glück, unter Hunderten kaum einer – das hat, glaube ich, Tucholsky gesagt.»

«Ohne daß du es merkst, hat er dich in ein halb privates Geplauder verwickelt …»

«Wie war das?» Bienzle sah auf.

Frau Baumeister lächelte überlegen. «Man hat mich vor Ihnen gewarnt – mit genau diesem Satz.»

«Vor mir? Ja, wer denn? Wer weiß überhaupt, daß ich …?» Er spürte, daß seine Fingerkuppen seltsam kalt wurden.

«Ich werd's Ihnen nicht sagen, wer mich gewarnt hat, aber derjenige hat auf jeden Fall damit gerechnet, daß Sie mich besuchen werden.»

Bienzle fing sich wieder. «Frau Baumeister, ich werde bestimmt rauskriegen, wo Ihr Sohn die letzten drei Jahre gelebt hat.»

«Polizeilich war er hier gemeldet.»

«Ich hab auch nicht angenommen, daß ich nur aufs Einwohnermeldeamt marschieren muß.»

«Ich habe keine Veranlassung, Ihnen behilflich zu sein.»

«Gut, das seh ich ein. Aber tun Sie was für Peter! Ihr Sohn wirkt sehr verzweifelt. Was immer er verbockt haben mag, er ist immer noch Ihr Kind. Und Sie haben Mittel, das sieht man. Sie können zumindest finanziell etwas tun. Schreiben Sie ihm. Rufen Sie an, das geht, man holt ihn ans Telefon … Irgend etwas sollten Sie tun für ihn.»

«Sie reden wie einer vom Jugendamt.»

«Das ist doch völlig egal, wie ich rede. Ich mein's ernst, Heilandsack!»

Sie lachte. «Es sieht tatsächlich so aus!»

Bienzle stand auf und ging zur Tür. «Gehört der Laden Ihnen?»

«Achtundvierzig Prozent davon, ja. Und von zwei Peep-Shows und einer Bar mit Kino auch.»

«Und die anderen zweiundfuffzig Prozent?»

«Na, die gehören meinem Teilhaber!» Jetzt lag wieder das überlegene Lächeln auf ihrem Gesicht.

Bienzle ging grußlos hinaus. An der Glastür stieß er fast mit einem gutgekleideten älteren Mann zusammen, der von zwei Mädchen begleitet war. Die eine war die, die sich zuvor geweigert hatte, es ‹französisch zu machen›.

Bienzle sah den Mann an. «War's gut?» fragte er, für sich selbst überraschend.

«Superbe!» sagte der Mann mit einem strahlenden Lächeln.

«Na, wie wär's mit uns zwei?» fragte das Mädchen, das Abigail sein mußte.

«Heißen Sie wirklich Abigail?» fragte Bienzle.

«Nein, das ist natürlich mein Künstlername.»

«Und wie heißen Sie wirklich?»

«Rosi Maurer.»

Bienzle nickte. «Sagen Sie, Fräulein Maurer – wissen Sie, wer der Kompagnon von Frau Baumeister ist?»

«Ich massier dich, und dann sag ich's dir vielleicht», schnurrte Abigail-Rosi.

Bienzle zupfte an seiner Oberlippe. «Tja», sagte er dann, «wenn's der Beruf nun mal verlangt ...»

In dem Massageraum, einer Zelle, denen in Stammheim nicht unähnlich, begann Abigail sogleich, Bienzles Hosengürtel zu öffnen.

«Moment!» sagte er.

«Ich seh doch, daß du's brauchst», sagte das Mädchen und faßte nach.

Bienzle kämpfte mit sich und stieß dann hervor: «Ich zahle, was üblich ist, und du beantwortest meine Fragen.» Daß ihm das vertrauliche Du herausgerutscht war, irritierte ihn sehr.

Die Tür wurde aufgerissen. Frau Baumeister stand schwer atmend auf der Schwelle. «Raus hier, Bulle, aber schnell!» Sie hielt die Peitsche in der Hand und hatte einen hochroten Kopf.

«Was ist denn?» fragte Abigail. «Ich versuch gerade ...»

«Mit dir rede ich gleich. Verschwinde!»

Abigail zog Bienzles Gürtel wieder fest, wie jemand, der sich auf keinen Fall nachsagen lassen will, er vernachlässige seine Arbeit; dann tänzelte sie mit wippenden Brüsten hinaus. Als sie ihre Chefin passierte, holte die mit der Peitsche aus. Abigail schrie auf und rannte. Frau Baumeister schlug zu, aber der herabfahrende Arm wurde von Bienzle aufgefangen. Er hielt ihr Handgelenk fest. Frau Baumeister schrie auf.

«Woher wußten Sie, daß ich hier bin?»

«Geht Sie gar nichts an!»

Abigail, die auf dem Flur stehengeblieben war und der nun auch der Zorn das Blut in den Kopf trieb, schrie: «Sie hat's auf dem Monitor gesehn!»

«Auf dem Monitor? Sie überwachen diese Kabinen hier per Fernsehen?»

«Das geht Sie überhaupt nichts an.»

«Mit so einem Gerät kann man aufzeichnen, nicht wahr?»

«Was reden Sie denn da?»

«Ich rede von Ihrer Videoanlage und von deren Möglichkeiten, gnädige Frau.» Er ließ sie los und marschierte Richtung Glastür.

«Nehmen Sie mich mit?» fragte Abigail schnell.

«Du bleibst hier!» Die Stimme der Chefin hatte jetzt einen unnatürlich schrillen Klang.

«Ziehen Sie sich was an, und holen Sie Ihre Sachen», sagte Bienzle sachlich.

Frau Baumeister war außer sich. «Das wirst du büßen, du Kanaille!»

Ein paar Türen öffneten sich vorsichtig.

Bienzle sagte laut: «Lassen Sie die Türen ruhig zu, Herrschaften; Frau Baumeister kann alles über ihr Fernsehüberwachungssystem verfolgen, andere Einblicke sind ganz unnötig.»

Die geräumige Jugendstilwohnung schien sich plötzlich in eine Art Bienenhaus zu verwandeln. Türen wurden aufgerissen. Männer hasteten vorbei. Einige Mädchen versuchten ihre Kunden aufzuhalten und hängten sich an sie: «Erst bezahlen!» rief eine, und eine andere: «Die guckt halt gern, was ist denn dabei ...»

Aber das schien die soignierten Herren nur noch mehr in Verwirrung zu stürzen.

Als Abigail angezogen und mit einem kleinen Köfferchen neben Bienzle auftauchte, war die Wohnung fast leer. Frau Baumeister stand noch immer unter der Kabinentür und fuchtelte unkontrolliert mit ihrer Peitsche herum. Bienzle deutete eine Verbeugung an, faßte Abigail-Rosi bei der Hand und führte sie vorsichtig die Treppe hinunter. Ihre Absätze waren so abenteuerlich hoch, daß er glücklich war, als er das Mädchen heil bis zur Straße gebracht hatte. Dort fragte er:

«Haben Sie keine anderen Schuhe?»

«Doch, doch», sagte sie eifrig, «und die zieh ich auch sonst an, wenn ich auf die Straße geh, aber ich hab gedacht, dann wirk ich neben Ihnen so klein.»

«Ich mag kleine Frauen», log Bienzle.

Rosi Maurer wechselte die Schuhe und folgte ihm dann in ein Café. Sie wußte nicht viel über Frau Baumeisters Massagesalon. Der Teilhaber war nur zweimal dagewesen. Er fuhr ein Mercedes-Coupé mit einer Starnberger Nummer, war groß – «fast so groß wie Sie», sagte Rosi –, braungebrannt und hatte schneeweiße Haare, wie ein ganz alter Mann, obwohl er höchstens vierzig war – «Ach was, nicht mal das; fünfunddreißig vielleicht.»

Bienzle wollte wissen, wie er gesprochen habe.

«Ja, bayrisch halt.»

«Das ist doch schon eine ganze Menge. Wie hat Frau Baumeister ihn denn angeredet?»

«Sepp.»

«Na bitte, schon wieder was ... Rechnen wir also mal zusammen: Er heißt Josef, ist ungefähr einsfünfundachtzig groß, braungebrannt, hat weiße Haare und fährt einen Mercedes-Sportwagen mit Starnberger Kennzeichen.»

«Und er hat viele Ringe an den Händen.»

«Besser als unter den Augen», sagte Bienzle, aber darüber konnten weder er noch Rosi richtig lachen.

Sie bestellten noch zwei Campari.

Nach einer Weile sagte Rosi: «Warum fragen Sie mich eigentlich nicht?»

«Was?»

«Na, halt warum ich das mach in dem Massagesalon.»

«Weil Sie Geld damit verdienen, keinen anderen Beruf haben, weil Sie sehr hübsch sind und deshalb erfolgreich in diesem Beruf und weil es Ihnen vielleicht sogar Spaß macht.»

«Manchmal, nur manchmal. Meistens kotzt es mich an.»

«Aha. Und warum machen Sie's dann?»

«Na ja, weil wir Geld damit verdienen, weil wir keinen anderen Beruf haben ... Was Sie gesagt haben. Aber daß es Spaß macht ... Also, das wär übertrieben.» Plötzlich sah sie ihn von der Seite an. «Sind Sie verheiratet?»

«Gewesen.»

«Und jetzt?»

«Hab ich eine Freundin, die ich sehr mag.»

Rosi Maurer seufzte. «Das ist immer so.»

Bienzle war geschmeichelt. «Wollen wir noch zusammen essen?»

«Au gern.»

Sie verließen das Lokal und bummelten die Kirschgasse hinunter. Plötzlich verkrampfte sich Rosis Hand in Bienzles Arm. «Da ist er ja!»

«Wer?»

«Der Sepp ...»

Ein offenes Mercedes-Coupé wurde von seinem Fahrer gerade ziemlich waghalsig auf den Gehsteig vor dem Haus

Nummer 44 geparkt. Ein schlanker, großgewachsener Mann sprang heraus und eilte in großen Sätzen auf die Tür zu. Er zog einen Schlüssel aus der Hosentasche und schloß auf.

Bienzle sah sich um. «Wo kann man denn hier telefonieren?»

Rosi zeigte auf eine Telefonzelle am Ende der Straße.

Bienzle spurtete los. Bei ihm sah das weniger sportlich aus als bei Sepp.

«Nichts kann ich beweisen», sagte er kurz darauf aufgeregt in den Hörer, «aber ich hab genauso eine Nase wie Sie, Kollege Gerstl! Und ich wett zwei Kästen Bier …»

«Andechser», unterbrach ihn der Kollege.

«Von mir aus auch Andechser …»

«Dös is nämlich teurer.»

«Also gut, von mir aus fünf Kästen!»

«Ohne Gegenwette … Ich will Sie ja net narrisch machen, aber mein Kollege hat mitgehört und ist schon mit zwei weiteren Beamten unterwegs.»

Bienzle sah den Apparat an und wußte nicht, ob er lachen oder sauer werden sollte. Draußen stand Rosi Maurer und kämmte sich.

«Wann kommen's denn vorbei?» wollte Gerstl wissen.

«Jetzt muß ich noch eine Dame zum Essen ausführen. Sagen wir gegen vier?»

«Alles klar. Die Biergärten sind offen.»

Bienzle legte auf.

Mit Rosi am Arm spazierte er langsam die Kirschgasse hinunter. Ein hellgrauer BMW fuhr langsam von der anderen Seite her in die Einbahnstraße ein. Kurz darauf kam Sepp mit einem großen Karton aus dem Haus. Zwei Männer stiegen aus dem BMW, gingen auf den großgewachsenen weißhaarigen Mann zu, zeigten ihre Dienstausweise und öffneten den Karton. Einer zog ein schmales Filmband aus der schwarzen

Schachtel heraus und hielt es gegen das Licht. Dann wurde der Karton kurzerhand in den BMW geladen. Der Mercedes-Fahrer zuckte die Achseln, verhandelte noch ein bißchen mit den Beamten, warf noch einen Blick zum ersten Stock hinauf und sprang dann elegant in seinen Wagen. Nacheinander passierten der BMW und der Mercedes Bienzle und seine Begleiterin.

«Jetzt hab ich Hunger», sagte Bienzle, und es klang richtig satt.

19

Als Bienzle die Tür zu Gerstls Büro leise öffnete, hörte er ein mehrstimmiges «Uiuiuiui!» – «Jetzt schau der dees o!» – «Herrschaftszeiten ...»

«Dürft ihr das denn?» fragte Bienzle und starrte auf den Bildschirm, auf dem gerade ein nackter älterer Herr mit einem Lederriemen im Mund im Kreis hüpfte. Jetzt kamen zwei nackte Mädchen ins Bild; eine davon war die Ostasiatin, die Bienzle bei Frau Baumeister eingelassen hatte. Die Mädchen hielten die beiden Enden des Riemens wie Zügel in der Hand und schwangen zwei Peitschen über ihren Köpfen.

Bienzle gab Gerstl die Hand.

«Wir sind gleich durch», sagte der Kommissar, «lauter erstklassiges Erpressungsmaterial. Ich hab schon einen Bericht in der Zeitung lanciert ... Keine Namen natürlich! Aber da werden wir dann schnell rausbekommen, ob die Dame unsere angesehenen Bürger schröpft oder nicht.»

Als die Kollegen später beim Bier saßen, fragte Bienzle: «Was sagt denn der Staatsanwalt? Wenn die Baumeister niemand erpreßt, ist es dann auch strafbar?»

«Schon mal was vom Recht am eigenen Bild gehört?»

«Bei der Presse, ja.»

«Man darf auch sonst die Persönlichkeitsrechte nicht verletzen.»

Es war ein heller, lauer Abend. Gerstl hatte einen Platz unter einer ausladenden Platane gefunden. Der Lärm von den anderen Tischen klang nur gedämpft herüber. Bienzle streckte die Beine weit von sich und stemmte seinen Oberkörper nach hinten, daß der Stuhl ächzte.

«So was haben wir in Stuttgart leider nicht», sagte er.

«A geh, Massagesalons gibt's überall.»

«Ich red von Biergärten, Kollege.»

«Ach so; ja, da hams natürlich recht.»

Die Zeitungsmeldung, die inhaltlich ähnlich, in der Form aber sehr verschieden, anderntags in der *Süddeutschen Zeitung*, dem *Münchener Merkur*, der *Abendzeitung* und der *tz* stand, verfehlte ihre Wirkung nicht. Der erste Besucher, der mit einem solchen Ausschnitt ankam, war der Besitzer eines bekannten Antiquitätengeschäfts und selbst auch nicht mehr der Jüngste.

«Sie haben da verlautbart», sagte er – auch seine Sprache wirkte antiquiert –, «daß in einem Etablissement in der Kirschgasse filmische Aufzeichnungen, wenn ich so sagen soll, gefunden und beschlagnahmt worden seien. Ich habe nun eine schwache Hoffnung, daß es sich um die Originale von Bändern handelt, die auf obszönste Weise von mir erstellt worden sind.»

Der junge Mann, der den Antiquitätenhändler empfangen hatte, sagte freundlich: «Sind Sie mit diesen Pornos erpreßt worden?»

«Mit diesen ... äh ... Ja, so könnte man sagen. Man hat mir eine Kopie zukommen lassen, auf der ich ... Nun, in einer verfänglichen Situation ...»

«Wieviel?»

«Bitte?»

«Was hat man von Ihnen verlangt?»

«Fünfhundert monatlich, per Barscheck ohne Empfängerangabe ... Verstehen Sie, es stand mir offen, wie ich den Betrag deklarierte, und deshalb habe ich ihn als Honorar für Expertisen ausgewiesen.»

Bienzle, der im Hintergrund des Zimmers saß, mußte sich auf die Lippen beißen.

«Meine Frau, wissen Sie ...» Der alte Herr unterbrach sich. «Nun, sie hätte kein Verständnis.»

Der junge Beamte nahm ein Protokoll auf. Unterdessen kamen zwei Anrufe von Männern, die ebenfalls erpreßt wurden. Im Laufe des Tages summierten sich die Fälle; sie hatten wenig Sensationelles an sich. Die Beträge waren selten höher als siebenhundert Mark. Einzige Ausnahme war eine Frau, eine stadtbekannte Unternehmerin, die unbedingt verhindern mußte, daß ihr Mann etwas erfuhr. Niemand sagte ihr, daß auch ihr Mann unter den Erpreßten war. Der junge Beamte, der ganz offensichtlich eine Leidenschaft für Statistik hatte, rechnete, stellte Tabellen auf, verglich, zog einen Strich und verkündete schließlich:

«Insgesamt 49 Fälle, monatliche Gesamtsumme 26700 Mark – steuerfrei, denke ich ... Die Kundschaft gliedert sich wie folgt: 24 höhere Beamte, meist Akademiker, 2 Zeitungsredakteure, 7 Unternehmer, 5 Angestellte, 4 Ärzte und 3 Zahnärzte, die Frau Unternehmerin, ein Heilpraktiker, ein Berufspolitiker und ein Arbeiter. Zahlungen werden geleistet seit September letzten Jahres. Wir kommen auf einen Gesamtbetrag von 285400 Mark. Aber natürlich können wir davon ausgehen, daß es sich hier nur um die Spitze des Eisbergs handelt; die Dunkelziffer dürfte beträchtlich sein.»

«Und Frau Baumeister?» fragte Bienzle.

«Die hat nach Angaben ihres Personals schon drei Minuten nach Ihnen, Herr Bienzle, das Haus verlassen und ist seitdem nicht mehr gesehen worden.»

«Vielleicht schreibt sie wenigstens ihrem Sohn noch einen Brief», brummte Bienzle. «Ich geh mal zum Bahnhof.» Er nickte kurz in die Runde und ging hinaus.

Auf der Rückfahrt las er keinen Kriminalroman. Er grübelte darüber, wieso er zum erstenmal in seiner Laufbahn persönlich, emotional beteiligt, in einen hineingeraten war.

20

Gächter holte ihn ab.

Bienzle erwartete irgendeine anzügliche Bemerkung über seinen Ausflug in Münchens glitzernde Porno-Unterwelt. Gächter lehnte aber ungewöhnlich ernst an der Wand eines Kiosks am Ende von Gleis 9 und drehte eine längst fertige Zigarette in den Händen.

«Was ist?» fragte Bienzle, und eine seltsame Unruhe erfaßte ihn.

«Peter Neidlinger.»

«Sag bloß, er hat sich ...»

«Beinahe», sagte Gächter. «Mit Glasscherben – hier.» Er zeigte auf die Innenseite seines Handgelenks. «Sie haben ihn ziemlich spät gefunden.»

«Und jetzt?»

«Er ist zwar bei Bewußtsein – ich glaube, sie haben eine Transfusion gemacht –, aber es geht ihm nicht gut.»

«Armer Kerl.» Bienzle strebte dem Nordausgang zu. Am Bahnhofskino blieb er stehen. Die schreienden Plakate kündigten *Schwedische Mädchen mit feuchten Schenkeln* an. «Sollte alles verboten werden», knurrte er.

«Wo bleibt dein schwäbischer Liberalismus?» fragte Gächter süffisant.

«Den hab ich in München gelassen.»

Peter Neidlinger lag in einem Zimmer des Robert-Bosch-Krankenhauses. Zwei uniformierte Beamte saßen auf Stühlen vor der Tür. Bienzle kannte den Stationsarzt zufällig, er hatte früher in seiner Nachbarschaft gewohnt.

«Nett, Sie mal wiederzusehen», sagte der Arzt, ein kleiner, durchtrainierter Mann Anfang Vierzig.

«Ganz meinerseits», sagte Bienzle automatisch. «Wie geht's ihm?»

«Er ist übern Berg, aber Sie können ihn nicht lange sprechen.»

Bienzle nickte und betrat das Krankenzimmer, einen schmalen, aber freundlich eingerichteten hellen Raum. Gächter wartete draußen.

Peter Neidlingers Gesicht war bleich und eingefallen. Rötliche Bartstoppeln bedeckten das Kinn; im übrigen Gesicht hatte er wohl noch keinen Bartwuchs.

Bienzle nickte ihm zu.

«Was wollen Sie?» stieß Neidlinger hervor.

«Nicht aufregen!» sagte Bienzle behutsam. «Ich bin in München gewesen und hab ihre Mutter gesehen. Sie hat gesagt, sie will Ihnen schreiben.»

Neidlinger sah ihn ungläubig an.

«Ich war in ihrem Massagesalon», sagte Bienzle. «Sie kennen ihn?»

Neidlinger nickte unmerklich.

«Ich bin auch dem Sepp begegnet», sagte Bienzle aufs Geratewohl.

Er konnte sich täuschen – Neidlingers Gesicht wirkte

durch den Blutverlust stark verändert –, aber es sah so aus, als stiegen Wut und Haß in dem Jungen auf.

«War er's, der Ihnen Ihre Mutter entfremdet hat?» fragte Bienzle.

Neidlingers Körper hatte sich gespannt; unter der Decke war zu erkennen, wie er die Beckenknochen nach oben gedrückt und die Beine straff gegen die Matratze gestemmt hatte. Jetzt sank der Körper wieder in sich zusammen; das Gesicht wurde von einem grauen Schatten überzogen. Er nickte – diesmal nachdrücklich.

«Ich glaub, er hat Ihrer Mutter ganz schön was eingebrockt», sagte Bienzle und beobachtete Neidlingers Gesicht genau. Diesmal glaubte er einen triumphierenden Zug zu erkennen. Bienzle fuhr fort: «Er hat eine Videoanlage installiert und alle Kunden abgefilmt. Gut und gern fünfzig davon sind erpreßt worden. Viele von ihnen haben es inzwischen zugegeben und sind bereit, sich als Zeugen zur Verfügung zu stellen.»

Neidlinger nickte nur, als ob er das alles erwartet hätte.

Bienzle beugte sich zu dem Bett vor und sagte: «Ich hab Ihnen das alles ganz offen erzählt, damit Sie nicht denken, wir treiben ein doppeltes Spiel. Ich will nicht, daß Sie da weiter in irgendwas hineingezogen werden. Gleich nachher werde ich mit dem Haftrichter sprechen. Ich hoffe, wir bekommen Sie frei ... Aber dann will ich, daß Sie nicht mehr diesem Keller oder sonst so einem halbseidenen Kerl nachlaufen. Sie sind jung genug, um was Anständiges aus sich zu machen. Das geht zwar langsamer, als wenn man es wie der Sepp oder der Keller macht, aber es bietet mehr Sicherheit. So! Jetzt hab ich eine richtige Rede gehalten. – Den Doktor Helfrich kenn ich, das ist ein Pfundskerl, und er sagt, er bringt Sie wieder hin. Anständig essen, viel schlafen und die Sorgen erst mal in den Schrank hängen. – Alles klar?»

Der Junge nickte und versuchte ein Lächeln dabei.

Bienzle ging hinaus. Er war schweißüberströmt.

Gächter fragte, als sie nebeneinander den Krankenhauskorridor hinuntermarschierten: «Hast du ihn gefragt, bei wem er untergebracht war, nachdem seine Mutter abgehauen ist?»

«Alles zu seiner Zeit», sagte Bienzle, «der Junge muß erst langsam wieder aufgebaut werden.»

«Hoffentlich *haben* wir genug Zeit.»

«Keine Sorge», sagte Bienzle, ohne zu zeigen, wie groß die Sorgen waren, die er sich machte.

«Wenn's einen Zusammenhang zwischen diesem Sepp, seiner Hure und den Stuttgartern um Keller gibt, dann war deine ganze Beruhigungsstrategie umsonst.»

«Ach ja», sagte Bienzle, «stand denn der Artikel in der Zeitung?»

«In beiden Zeitungen, ja, und beide zitierten auch den Kriminalhauptkommissar Ernst Bienzle mit ausgiebigen Äußerungen. Hauser war – wie soll ich sagen – ein bißchen überrascht.»

Bienzle fuhr sich mit dem Zeigefinger in den Kragen. «Das wird nicht ganz einfach, denke ich.»

«Ach was, aus München kamen solche Lobeshymnen auf dich, daß er dir gar nicht böse sein kann. Hauptkommissar Ernst Bienzle hat unter selbstlosem Einsatz seiner Genitalien einen der größten und schmierigsten Erpressungsfälle seit Ende des Krieges ... Und so weiter; du kennst das ja. Übrigens, irgendwer hat dir Andechser Bier geschickt ... Fünf Kästen stehen in unserem Büro.»

Das Bier schmeckte süffig und schwer, und jede Flasche verleitete zu einer nächsten. Als der Präsident die Räume der

Mordkommission betrat, war die Stimmung ausgesprochen fröhlich.

«Greifen Sie zu, Herr Präsident», rief Bienzle, der selbst in angetrunkenem Zustand nie vergaß, daß er den alten Schulfreund im Beisein anderer nicht duzen durfte.

«Feiern Sie Ihren Presseerfolg?» fragte Hauser säuerlich.

«O ja.» Bienzle fuhr sich durch seinen dichten Haarschopf, daß die Haare am Ende nach allen Himmelsrichtungen abstanden. «Da hab ich mich wieder mal vertan. Ich dachte halt ...»

«Ja, ja, wenn Sie mal denken!»

Jeder im Zimmer wußte, wie die beiden miteinander standen.

«Herr Präsident!» rief Bienzle viel zu laut. «Ich bitte in aller Form um Verzeihung, Nachsicht und Vergebung!» Dabei war er aufgestanden und hatte im Rhythmus der letzten Worte die Hacken zusammengeschlagen.

«Verzeihung gewährt», sagte Hauser lächelnd. «Nachsicht verweigert.»

«Auch recht.» Bienzle stieß Hauser eine Flasche in die Hand. «Andechser Bier – die verlorene Wette eines Münchner Kollegen.»

Hauser griff zu. «Mal unter uns», sagte er, «wie weit sind denn nun Ihre Ermittlungen in diesem Massage-Puff gegangen?»

Man rückte näher zusammen – sieben Männer, deren Verhalten sich kaum von dem an einem Stammtisch unterschied.

«Also», begann Bienzle langsam, «aufgemacht hat mir eine Asiatin – Chinesin, schätze ich. Scharfe Frau, bestimmt. Sie hat gesagt, sie welde sofolt nach del Chefin lufen.»

Wieherndes Gelächter brach aus.

«Dann war da noch eine Afrikanerin, so schwarz wie schön, unglaubliches Weib, wirklich, mindestens einen Meter fünfundneunzig, in goldenen Sandaletten und einem goldenen Bikini. Sie fragte mich, ob ich …» Bienzle begann zu kichern, «… ob ich …» Er verschluckte sich, und als er wieder reden konnte, sagte er kurz: «Ich glaub, ich bin besoffen.»

«Weitererzählen!» rief der Kriminalmeister Gollhofer, der mit Maier an einem Schreibmaschinentischchen saß und leere Flaschen in exakten Reihen auf der Tischplatte antreten ließ.

«Fahrt doch selber hin», grummelte Bienzle. «Ach so, geht ja nicht, ist ja aufgeflogen wegen der Filme, aber geht doch hier in Stuttgart, gibt genug solche Schuppen, inserieren ja überall, Wallimaus und Wollibär oder wie das heißt, alles, was geil und teuer ist. Fragt mal die Jungs von der Sitte oder vom MEK. Die haben neulich sogar mal einen V-Mann reingeschickt. Toller Auftrag, richtig konspirativ. Er hat exakt abgerechnet. Das Mädchen von der Buchhaltung hat gar nicht fassen können, was sie da las: eine Flasche Sekt und einmal Bumsen 147 Mark.»

Wieder folgte ein wieherndes Gelächter.

Gächter, der wie immer im Türrahmen lehnte, war der einzige, der nicht mitlachte. «Das reicht!» sagte er plötzlich sehr nüchtern.

«Was'n mit dir los?» rief Bienzle.

«Nichts. Mir paßt die Richtung nicht!»

«Na hören Sie mal …» Hauser schien ehrlich erstaunt.

«Keine Lust», sagte Gächter kalt.

Gollhofer schrie von hinten: «So bringt der sich um jede Beförderung!»

Gächter sagte ruhig: «Eigentlich sollte das auch dem Präsidenten nicht gefallen.»

«Jetzt gehen Sie aber entschieden zu weit», protestierte Hauser, «das ist eine Männerrunde …»

Gächter machte nur eine wegwerfende Handbewegung. Gollhofer räsonierte: «Gächter, ich glaub, du bist schwul.»

Gächter stieß sich vom Türbalken ab und sagte: «Und wenn's so wäre, wär's meine Sache.»

Bienzle starrte den Freund an und sagte mit schwerer Zunge: «Aber du bisses doch nicht.»

Gächter lächelte: «Nein, ich sag ja nur, wenn's so wär, wär's ausschließlich meine Sache, so, wie es die deine wäre, wenn du mit einer Schwarzen, einer Chinesin und sieben oberbayerischen Dirndln gepennt hättest.»

«Stimmt», sagte Bienzle lakonisch.

«Na, dann will ich mal gehen», sagte Hauser. «Eine Betriebsnudel sind Sie ja nicht gerade, Gächter, aber ... Damit ich's nicht vergesse: Ihre Beförderung zum Kommissar ist da, und – das soll sich der Obermeister Gollhofer mal merken – die kann er sich gar nicht vermasseln, der Kollege Gächter.»

Gächter nickte, als nehme er eine Selbstverständlichkeit zur Kenntnis. Für einen Moment legte Hauser die Hand auf Bienzles Schulter. «Nichts für ungut, mein Lieber!» Dann ging er schnell hinaus.

Als sich die Tür hinter ihm geschlossen hatte, rief Bienzle: «Eine Flasche noch auf den Kommissar Gächter – und ich will keinen Widerspruch hören.»

Gächter nahm sich eine Flasche und sagte: «Dir ist's auch schon mal besser gegangen, Ernst.»

Bienzle ließ sich in seinen Sessel fallen, eine Flasche zwischen den Händen und auf seinen Bauch gestützt. «Weißt du was, Gächter», sagte er mit unsicherer Stimme, «weiß der Himmel warum – ich mag dich. Aber jetzt ...» Er rülpste vernehmlich. «Jetzt leck mich am Arsch!»

Damit schlief er ein.

21 Mehmed Uygul war siebenundzwanzig Jahre alt, aber er wirkte älter. Er war kaum 160 cm groß und stämmig gebaut; über seinem gutmütigen Gesicht war der Haaransatz weit zurückgetreten, so daß sich eine hohe, kahle Stirn zeigte, auf der jetzt Schweißperlen standen. Bienzle hatte ihn in sein Zimmer bringen lassen, denn noch saß der Türke in der polizeilichen Arrestzelle ein.

Der Kommissar bot Zigaretten und Kaffee an. Uygul winkte ab. Sein Gesicht nahm einen schmerzlichen Ausdruck an.

«Deutschen Kaffee», sagte er, «bringe ich nicht durch Kehle.»

«Möchten Sie sonst etwas?» fragte Bienzle freundlich.

Mehmed Uygul sah ihn betroffen an. «Man sagt, Poskaya war Ihr Freund.»

Bienzle nickte.

«Aber wenn er war Ihr Freund, warum sind Sie zu mir so?»

Bienzle lehnte sich weit in seinem Sessel zurück. Er griff nach einem Bleistift und begann, leise damit auf dem Tisch einen Dreivierteltakt zu klopfen. «Ich glaube nicht, daß Sie's getan haben», sagte er schließlich.

Uyguls Augen sahen ihn erstaunt an.

«Wissen Sie», fuhr Bienzle fort, «ein Geständnis ist vor deutschen Gerichten so gut wie gar nichts wert, wenn wir's nicht durch Beweise erhärten können. Ihr Geständnis nun zeichnet sich vor allem dadurch aus, daß es keinerlei andere Hinweise darauf gibt, Sie könnten Poskaya ermordet haben. Warum sollten Sie auch so etwas tun? Wie ich Sie einschätze, hätten Sie Mühe, einem Huhn den Kopf abzuhacken, wenn Sie's essen wollen.»

Uygul war offensichtlich verwirrt. «Aber warum ich sitze dann hier?»

«Weil Ihnen Keller, oder wer immer, gesagt hat, daß das nur vorübergehend ist, und weil er Ihnen viel Geld dafür versprochen hat ... Sie brauchen das Geld, nicht wahr?»

«Ich immer gut verdient bei Daimler.»

«Das stimmt leider nicht», sagte Bienzle freundlich, «wir haben alles genau überprüft. Sie sind seit über sieben Monaten arbeitslos. Ihre Frau ist bereits nach Istanbul zurückgekehrt und hat die beiden Kinder mitgenommen.»

«Aber ich habe wieder Arbeit.»

«Gehabt! Drei Wochen lang als Teppichverleger, nicht wahr? Dann hat Keller dafür gesorgt, daß Sie den Job wieder verloren haben. Er brauchte Sie für andere Zwecke.»

«Keller? Das glaube ich nicht.»

«Sie dürfen es auch nicht glauben, denn schließlich ist er Ihre ganze Hoffnung. Auf ihn müssen Sie Ihr ganzes Vertrauen setzen.»

Uygul wischte sich die Stirn ab.

«Wie heißt das Brettspiel, das Sie zu Hause so gerne spielen?» fragte Bienzle unvermittelt.

«Es hat viele Namen. Wir sagen Tavli.»

«In Kellers Spiel haben Sie zuwenig Steine auf der anderen Seite», sagte Bienzle langsam. «Und selbst mit drei Paschwürfen holen Sie nicht mehr auf.»

Uygul starrte Bienzle an. «Sie kennen das Spiel.»

«Ein bißchen; Poskaya hat mir mal eines geschenkt, ein sehr schönes mit herrlichen Intarsienarbeiten, schauen Sie.» Bienzle griff in seinen Schreibtisch und holte das Ebenholzbrett mit den wunderschönen Elfenbeinverzierungen heraus.

«Oh», entfuhr es Uygul, «das ist sehr teuer, auch bei uns.»

«Wollen wir?» Bienzle verteilte schwarze und weiße Steine. Zögernd griff Uygul zu den Würfeln, er wog sie in der Hand, warf sie spielerisch ein paarmal in die Luft, fing sie wieder auf, drehte sie einzeln zwischen Daumen und Zeigefinger.

«Wer fängt an?» fragte Bienzle.

«Wer die höchste Zahl würfelt.»

Sie spielten zwei Spiele und brauchten über eine Stunde dazu. Bienzle vermied es während der ganzen Zeit, über etwas anderes als das Spiel zu sprechen. Er verlor zweimal und hatte auch nicht den Hauch einer Chance. Uygul lächelte zufrieden.

Bienzle sammelte die Steine mit bedächtigen Bewegungen ein. «Schade», sagte er, «das Leben ist leider kein Spiel.»

Uygul hob beide Hände. «Ich weiß.»

«Aber was Sie nicht wissen: Keller hat drei Zeugen, die bereit sind, einen Eid darauf zu schwören, daß Mehmed Uygul meinen Freund Vural Poskaya erstochen hat. Und sehen Sie, in einem solchen Fall wird jeder deutsche Richter auf schuldig erkennen. Sie werden den Rest Ihres Lebens im Zuchthaus Bruchsal verbringen.»

Uygul begann zu zittern.

«Und sagen Sie nicht, das sei ein Bluff», stieß Bienzle nach, obwohl es einer war. «Selbst wenn ich's nicht wirklich wüßte, könnte ich's mir doch an meinen fünf Fingern abzählen, daß es genauso geplant ist. Keller geht es nur darum, daß die Polizei nicht weiter ermittelt. Er hat mir das selbst gesagt. Wahrscheinlich bereitet er eine große Sache vor und braucht deshalb Ruhe … Poskaya muß von dieser Sache Wind bekommen haben. Deshalb mußte er sterben. Ein Leben mehr oder weniger, das spielt für Herrn Keller und seine Freunde keine Rolle, und – entschuldigen Sie, Herr Uygul – wenn es das Leben eines Türken ist …»

Bienzle brach ab, denn Uygul war nun im Zustand größter Verwirrung. Er umklammerte das Spielbrett mit beiden Händen, als ob er sich daran festhalten könnte – ein Stück Heimat in einem tristen deutschen Polizeibüro. Die Augen waren weit hervorgetreten. Uygul würgte, als ob er brechen müßte. Dann schluckte er schwer und ließ seinen Kopf mit einem Knall auf das Spielbrett fallen.

«Wissen Sie, wer's wirklich getan hat?» fragte Bienzle leise.

Uygul schüttelte heftig mit dem Kopf.

«Auch keine Ahnung?»

Wieder dieses wilde Kopfschütteln.

Bienzle fragte weiter: «In welcher Beziehung haben Sie zu Keller gestanden?»

«Meine Frau früher hat geputzt in sein Haus. Ich habe im Garten gearbeitet.»

«Eines Tages hat Herr Keller dann Ihre Frau weggeschickt und Ihnen noch gelegentlich einen Auftrag zukommen lassen ... War es so?»

«Ja.»

«Er war immer sehr freundlich und großzügig zu Ihnen.»

«Ja, sehr großzügig.»

«Was für Arbeiten waren das?»

«Mal einen Transporter fahren, ich habe Führerschein Klasse II, mal im Lager arbeiten ...»

«Er hat ein Lager?»

«Ja, großes Lager im Industriegebiet Esslingen.»

Bienzle stand auf und ging zur Tür, die ins Nachbarzimmer führte. «Haußmann!» rief er, noch ehe er die Tür geöffnet hatte, und als er sie dann öffnete, stand der junge Assistent schon mit Block und Bleistift auf der Schwelle.

«Herr Uygul sagt, Keller habe ein großes Lager im Esslinger Industriegebiet. Kümmern Sie sich doch mal drum.»

«Wird gemacht. Haben Sie die Adresse, Herr Uygul?»

«Es ist in Hafenstraße 14 oder 16, ein graues Haus ohne Fenster.»

Haußmann war schon unterwegs Richtung Korridor.

Uygul hatte sich wieder ein wenig gefangen. «Was kann ich denn tun?» fragte er.

«Am besten vorerst gar nichts. Ich denke, daß wir in den nächsten Tagen ein paar entscheidende Schritte weiterkommen. Sie müßten dann den Anwalt wechseln und sofort Ihr Geständnis widerrufen, wobei ich Ihnen raten möchte, ganz bei der Wahrheit zu bleiben. Wenn es erst einmal soweit ist, kann Ihnen Keller nichts mehr anhaben.»

«Aber das Geld!» stieß Uygul verzweifelt hervor.

«Wieviel ist es denn?»

«20000 Deutschmark.»

«Das ist allerdings viel. Aber ich möchte wetten, Sie hätten es sowieso nie gekriegt. Wer ist jetzt Ihr Anwalt?»

«Dr. Kassmann.»

«Ach du liabs Herrgöttle, wie hent die d'Mucka verschissa!»

«Wie bitte?»

«Nichts, nichts ... Nur: Ich kenn ihn; der verdient sein Geld schon immer bei Leuten wie Keller.»

«Und soll ich ...»

«Sie sollen erst mal gar nichts. Ein paar Tage müssen Sie noch aushalten. Haben Sie irgendeinen Wunsch?»

«Ich würde gern mit Frau telefonieren.»

«Daran soll's nicht hängen.» Bienzle schob seinen Apparat über den Tisch, zog ihn aber gleich wieder zu sich. «Ich vermittel's Ihnen; schreiben Sie mir nur die Nummer auf.»

Fünf Minuten später hörte Bienzle ein aufgeregtes, kehliges fremdländisches Gespräch mit, von dem er kein Wort und doch alles verstand. Am Ende saß Mehmed Uygul glücklich lächelnd und tränenüberströmt vor dem Kommissar.

«Wenn Sie wollen, können wir das gelegentlich wieder mal machen», sagte Bienzle.

«Dieser Keller wird einfach überschätzt», meinte Gächter, der auf dem Fenstersims bei Bienzle Platz genommen hatte, kaum daß Uygul in seine Zelle zurückgebracht worden war. «Er ist ja wohl auch wieder nur der verlängerte Arm von irgendwem, den wir nicht kennen.»

«Gerstl hat übrigens einen Bericht geschickt», sagte Bienzle, «dieser Sepp, genauer Josef Lechner aus Starnberg, hat gar nichts mit den Erpressungen zu tun. Er hat den Karton nur auf Wunsch von Frau Baumeister weggeschafft, ohne zu wissen, was drin war ... Also, mit anderen Worten, sein Anwalt hat ihn mit Glanz herausgepaukt. Frau Baumeister freilich wird für ein paar Jährchen einfahren, wenn man sie erst gefunden hat.»

«Abwarten», sagte Gächter, «solche Leute haben immer noch einen Trick im Hut. Glaubst du denn an die Unschuld des Herrn Josef Lechner?»

«Bledsinn, kei Wort glaub i.»

«Man sollte ihm mal auf den Zahn fühlen, vor Ort.»

«In Starnberg?»

«Warum nicht?»

Bienzle sah zum Fenster hinaus. So weit der Himmel zu sehen war, war er blitzblau. «Dienstreisewetter wär's ja.»

«Der Chef wird sagen, das sollen die Bayern machen.»

«Ich red mit ihm», sagte Bienzle.

«Eine Frage noch: Wie heißt denn Lechners Anwalt?»

Bienzle blätterte in den Akten. «Dr. Hans Kröglin.»

«Na, siehst du.»

«Was?»

«Das ist doch ganz zufällig auch Neidlingers Anwalt.»

«Stimmt, ja ... Dia miesset ons für bled halte.»

«Na ja», sagte Gächter unbestimmt.

Bienzle sah seinen Kollegen scharf an, aber der schaute mit unschuldigem Gesicht zum Fenster hinaus.

«Zweimal in einer Woche nach München», sagte Bienzle schließlich, «das grenzt an Luxus.»

«Vergiß dein Badezeug nicht.»

Bienzle schüttelte sich. «Ich weiß gar nicht, ob ich noch schwimmen kann.»

22

Bienzle hatte Hauser angerufen. Der hatte jemand in München angerufen. Und jetzt waren sie ganz offiziell in Bayern, wo die Stuttgarter Polizei sonst nicht viel zu suchen hat.

Das Haus Lechners stand etwas außerhalb von Starnberg, Richtung Pöcking. Eine hohe Mauer umgab das Grundstück. Man konnte nur vermuten, daß das Gelände bis zum See hinunterreichte.

Gächter und Bienzle waren im Münchner Stadtbüro der Rechtsanwaltskanzlei Kröglin, Mayer und Kröglin sehr förmlich darauf hingewiesen worden, daß es unmöglich sei, Herrn Kröglin ohne entsprechende Voranmeldung zu sprechen. Die Dame in der Anmeldung – und es war weiß Gott eine Dame – meinte auch, er habe einen Auswärtstermin in Starnberg, der den ganzen Tag in Anspruch nehme. Daß dieser Termin bei Josef Lechner sein würde, hatten Bienzle und Gächter einfach angenommen, schließlich wollten Sie ohnehin zu ihm.

Nun standen sie etwas ratlos vor der imponierenden Mauer, die Lechners Grundstück umgab. Ihren Golf hatten sie auf der gegenüberliegenden Straßenseite geparkt. Etwa fünfzig Meter neben dem Tor war eine tiefe Einbuchtung im Verlauf der Mauer mit einigen Abstellplätzen für Autos. Die Wagen, die dort standen, waren ausnahmslos teure Modelle.

Gächter schlenderte hinüber. In einem großen BMW lagen

auf dem Rücksitz diverse Aktenordner, zwei Bücher, die unschwer als *Schönfelders Gesetzeskommentare* zu erkennen waren, eine Golfermütze und eine Stange John-Players-Zigaretten.

«Das könnte er sein ...» Gächter spielte am Kofferraumdeckel herum. Er zog sein Taschenmesser aus der Tasche und versuchte dem Schloß gut zuzureden. Plötzlich heulte eine Alarmsirene los.

Gächter startete. Auch Bienzle rannte los. Sie erreichten ihren VW Golf, noch ehe das Tor zum Anwesen Lechners aufgerissen wurde. Langsam ließ Bienzle den Golf auf das Haus zurollen.

Ein großer, dicker Mann in einem teuren blauen Schneideranzug rannte an der Mauer entlang auf den BMW zu, während Sepp Lechner, der ein Tennishemd zu eleganten blauen Wollhosen trug, lachend am Tor lehnte. Der dicke Mann schloß hastig die Tür seines Autos auf und stellte die Sirene ab. Dann ging er um den Wagen herum und untersuchte den Kofferraum. Bienzle bog im gleichen Moment neben dem BMW auf den Parkplatz ein.

«Sauerei, verfluchte!» schimpfte der dicke Mann.

Gächter stieg aus. «Ist was passiert?»

Der Dicke sah ihn mißtrauisch an. «Wo kommen Sie her?»

«Aus Stuttgart.» Gächter deutete auf das Nummernschild des Golf.

«Haben Sie irgend jemand gesehen?»

Gächter schüttelte den Kopf. «Keinen Menschen, Herr Dr. Kröglin.»

Die Überraschung saß. Der dicke Mann riß seinen Kopf hoch und starrte Gächter aus hellen, weit aufgerissenen Augen an. «Kennen wir uns?»

«Noch nicht», sagte Gächter, «aber es hätte sich ohnehin nicht vermeiden lassen.»

Kröglin schwitzte, aber das konnte an den sommerlichen Temperaturen und der drückenden Schwüle liegen.

Lechner kam nun ebenfalls hinzu. Auch Bienzle stieg langsam aus.

«Sie stehen auf meinem Privatparkplatz», sagte Lechner zu Bienzle und musterte ihn.

«Das ist schon in Ordnung», sagte Gächter über die Schulter, «wir wollten ohnehin zu Ihnen, wenn Sie Herr Lechner sind.»

«Mir ist, als ob ich Sie schon gesehen hätte», sagte Lechner zu Bienzle.

Bienzle kaute auf einem kalten Zigarillostummel herum. «Vielleicht hat man mich Ihnen beschrieben – Frau Baumeister zum Beispiel.»

Lechner memorierte: «Ungefähr so groß wie ich, zu dick, kantiger Schädel, Schnurrbart, buschige Augenbrauen, braune Augen, zu langes Haar – Sie müssen der Polizeibeamte aus Stuttgart sein.»

«Polizeibeamter?» Kröglins Stimme klang ein wenig beunruhigt.

«Stimmt», sagte Bienzle. «Sollen wir uns ausweisen?»

«Sie wären hier sowieso nicht zuständig», sagte der Anwalt schnell.

«Das weiß ich besser», sagte Bienzle maulfaul und versuchte, das angekaute Stück Zigarillo in Brand zu setzen. «Aber wenn Sie eine Bestätigung brauchen, setzen Sie sich doch mit dem Mordkommissariat in München in Verbindung.»

«Mordkommissariat? – Wo hat es einen Mord gegeben?» Der Anwalt ließ ein süffisantes Lächeln um seine dicken Lippen spielen.

Bienzle zupfte sich am Bart. «Mord gibt es immer mal wieder; wir wären sonst ja arbeitslos.»

«Keine besonders geistreiche Bemerkung.» Lechner grinste.

«Zugegeben», sagte Bienzle friedlich.

«Also, was wollen Sie?» fragte Kröglin.

«Müssen wir das auf der Straße besprechen?»

«Wir könnten auch gleich Ihre Anzeige wegen des versuchten Einbruchs in Ihr Fahrzeug aufnehmen», sagte Gächter.

Der Anwalt machte eine wegwerfende Handbewegung.

«Kommen Sie rein», sagte Lechner.

Das Haus war ein weitläufiger Bungalow, auf den ersten Blick eingeschossig, hatte aber tatsächlich, hanglagebedingt, zwei weitere Etagen. Es hockte geduckt zwischen hohen Tannen und Birken. Der Garten senkte sich von der Mauer her sanft zum Haus hinunter. Zwei Stufen führten auf eine schattige Terrasse hinab, von der aus ein gepflegter Plattenweg um das ganze Gebäude lief.

Lechner ging voraus. Er führte seine Gäste durch das Erdgeschoß – einen einzigen hallenartigen Raum mit mattem Klinkerfußboden, der sparsam, aber sehr geschmackvoll möbliert war. Kleinplastiken auf schlanken, hohen Sockeln dekorierten die lichtdurchflutete Halle, die auf der Seeseite von einer einzigen Fensterfront abgeschlossen wurde.

Lechner schob eine der Glaswände zur Seite und trat auf die Seeterrasse hinaus, die mindestens hundert Quadratmeter maß. Bequeme Korbmöbel unter einem ausladenden Sonnenschirm gruppierten sich um einen Schiefertisch. Zwei Mädchen brachten Gläser … Bienzle traute seinen Augen nicht.

Eines der Mädchen war Abigail-Rosi Maurer.

Sie trug ein bodenlanges Kleid. Bienzle wechselte einen schnellen Blick mit Gächter. Er hätte ihm seine Entdeckung nur zu gern mitgeteilt. Das andere Mädchen trug einen Alibi-Bikini, der mehr zeigte als verhüllte.

Lechner bot ihnen mit einer ausholenden Geste Platz an. Sie setzten sich.

«Ihr könnt euch zurückziehen», sagte Lechner zu den Mädchen. «Sagt Carlo und Heinz Bescheid; sie können bedienen, wenn wir was brauchen.»

Der Wachwechsel funktionierte reibungslos. Carlo und Heinz trugen dunkelblaue Hosen mit messerscharfen Bügelfalten und weiße Jacketts, die sich unterhalb des Schlüsselbeins auf der linken Seite etwas wölbten. Gächter grinste, deutete auf Carlo, einen gutaussehenden, sportlichen Typ Ende Zwanzig, und sagte:

«Eine Achtunddreißiger, was? Andere Modelle tragen weniger auf.»

Carlo nickte leicht und lächelte Gächter freundlich zu.

«Also, meine Herren», sagte Lechner, «worum geht es?»

Bienzle griff nach dem Glas, das Heinz, ein kleiner, untersetzter Mann, auf den Tisch stellte. «Schwer zu sagen», sagte er unbestimmt, «wir haben Probleme mit einem Mandanten des Herrn Kröglin, der zufällig auch Ihnen am Herzen liegen sollte.»

«Neidlinger», sagte Lechner und fing dafür einen bösen Blick seines Anwalts auf.

«Exakt», sagte Gächter. «Er hat einen Selbstmordversuch unternommen, nachdem er auf Anraten seines Anwalts, Dr. Kröglin, einen Mann fälschlich beschuldigt hat.»

«Bißchen viel auf einmal», sagte Lechner lächelnd.

«Aber es ist noch nicht alles.» Bienzle hatte sich plötzlich entschlossen, alle Taktik außer acht zu lassen und frontal anzugreifen. «Der Mann, den Neidlinger beschuldigt hat, hat ein Geständnis abgelegt.»

«Na also!» Kröglin lehnte sich zurück.

«Und widerrufen», sagte Bienzle.

«Dazu hat jeder Angeklagte das Recht.» Kröglin war aufgestanden und ging nun bis an die vordere Kante der Terrasse, wobei er den anderen den Rücken zuwandte.

«Wir sind jetzt in der dummen Lage, daß es keinerlei Beweise gibt, die Uyguls Schuld – Uygul, so heißt der mutmaßliche Täter – also, die dessen Schuld belegen würden.»

«Keine Zeugenaussagen?» fragte Kröglin.

«Noch nicht», sagte Bienzle. «Ich zweifle allerdings nicht daran, daß wir die bekommen. Spätestens im Prozeß, falls es überhaupt zu einer Anklage kommt.»

Kröglin stand unbeweglich. «Warum sollte es nicht dazu kommen? Übrigens: Ich habe meinem Mandanten keineswegs geraten, irgend jemanden zu beschuldigen – schon gar nicht einen Herrn Gygluk …»

«Uygul», korrigierte Bienzle.

«Wie auch immer.»

Bienzle ging nicht weiter auf ihn ein; er nippte an dem Gin Orange, den ihm der freundliche Leibwächter Lechners gereicht hatte. «Was mich interessiert, Herr Dr. Kröglin, warum verteidigen Sie Neidlinger?»

«Sie werden nicht erwarten, daß ich darauf antworte.»

«Keine Antwort ist immer auch eine», sagte Bienzle leichthin. «Hat Sie Frau Baumeister, Neidlingers Mutter, beauftragt?»

«Kein Kommentar.»

Gächter, der lang ausgestreckt in einem Korbsessel lümmelte und Zigaretten auf Vorrat drehte, sagte, ohne aufzusehen: «Interessant, wie wir über Dinge reden, die wir alle hier genau kennen, und sie doch nicht beim Namen nennen.»

«Ich verstehe nicht …» Kröglin runzelte die Stirn.

«Macht nichts», sagte Gächter, «ich mein ja nur.» Er stieß sich eine der Zigaretten zwischen die Zähne.

Bienzle sagte aufs Geratewohl: «Ihre Stuttgarter Filiale macht in letzter Zeit eine Menge Fehler. Aber das ist immer so. Wenn man einmal falsch entschieden hat und diese falsche Entscheidung überhastet ausbügeln will, folgt fast unweigerlich der nächste Fehler, und dann gibt es kein Halten mehr ... Das Management Ihres Ladens war zu sorglos. Aber das ist auch keine neue Erkenntnis. Wenn so ein Laden einmal zu lange ohne Probleme läuft, leidet die Vorsicht darunter, nicht wahr?»

Lechner sah den Kommissar kühl an. «Sie müßten schon deutlicher werden, wenn ich eine Gänsehaut kriegen soll.»

Bienzle lachte leise. «Immerhin geben Sie zu, daß es doch etwas geben könnte, das Sie das Gruseln lehren könnte ... Ich mache Ihnen einen Vorschlag: Opfern Sie Keller, den kriegen wir sowieso über kurz oder lang. Ich brauch in Stuttgart Erfolge, nicht in München oder Starnberg.»

Kröglin setzte sich wieder. «Sie reden lauter ungereimtes Zeug.»

«Tja, vielleicht», meinte Bienzle, «aber so eine Dienstfahrt bei dem Wetter an den Starnberger See muß ja mit irgend etwas begründet werden, nicht wahr?»

Lechner gab Carlo einen Wink, weitere Getränke zu bringen.

«Ich habe mich ein wenig erkundigt», sagte er dann. «Mit Ihnen würde ich niemals Geschäfte machen, Herr Hauptkommissar. Sie sind ein Mann, der ein paar Talente mehr hat, als sie ein Polizist braucht. Daß Sie Ihre Talente für lächerliche 4200 Mark brutto an den Staat verhökern, müssen Sie mit sich selber ausmachen – aber, wie gesagt, mit mir kommen Sie nicht ins Geschäft.»

«Na ja, dann vielleicht gegen Sie.»

«Will ich nicht ausschließen.»

Gächter gähnte. «Das war's dann wohl.»

«Fast», sagte Bienzle. «Wer ist denn Ihr Korrespondenzanwalt in Stuttgart, Herr Dr. Kröglin? Sie wissen, es ist kein

Problem, dies zu ermitteln, aber Sie würden mir die Arbeit erleichtern …»

«Dr. Kassmann.»

Bienzle wandte sich wieder an den Hausherrn: «Sie haben gerade ein paar schmeichelhafte Dinge über mich gesagt, Herr Lechner. Aber wenn Sie *meine* Talente schon so hoch einschätzen – warum machen dann Leute wie Kröglin solche Fehler? Kassmann vertritt Uygul, und er besucht als Korrespondenzanwalt von Kröglin auch Neidlinger?»

«Das bedeutet doch überhaupt nichts!» stieß Kröglin heraus.

«Das würde nichts bedeuten, wenn wir nicht zwei und zwei zusammenzählen könnten, und wenn wir» – Bienzle hob sein Glas gegen Lechner – «nicht genug Fingerspitzengefühl hätten, um aus den genannten Herren gelegentlich ein paar Bröckchen von der Wahrheit herauszuholen … Im übrigen: Keller hat einen entscheidenden Fehler gemacht, als er die Frau bedrohte, mit der ich zusammenlebe.»

Lechner bekam ein ernstes Gesicht. «Wenn Keller wirklich mit mir zusammenarbeiten würde, Herr Bienzle, und er würde so etwas Dummes tun, müßte ich es ihm in der Tat sehr übelnehmen!»

«Dann nehmen Se mal, nehmen Se mal», sagte Gächter hinter seinem Glas hervor.

Lechner stand auf. «Ich denke, wir haben Ihnen ausreichend Gastfreundschaft gewährt, meine Herren.»

Gächter sprang auf: «Mehr als genug.» Dabei klopfte er leicht auf Carlos Jacke, an der Stelle, unter der die Waffe steckte. «Alles klar mit dem Waffenschein, Carlo?»

«No problem, Mister», grinste Carlo.

«I believe it», antwortete Gächter, indem er Carlos Gesichtsausdruck imitierte.

«Jetzt müßte man wissen, was der Herr Lechner dem Herrn Keller zu sagen hat», brummte Bienzle, als sie wieder in den Golf stiegen.

«Vielleicht erfahren wir's ja.»

«Wie bitte?» Bienzle rangierte den Golf ein wenig ungeschickt aus der Parkbucht auf die Straße.

«Gollhofer ist zwar im allgemeinen keine Leuchte, aber technische Tricks hat er eine Menge drauf. Ist ja nicht so schwierig, ein Telefon abzuhören.»

«*Was* war des?» Bienzle trat heftig auf die Bremse. Das Auto stand quer auf der Fahrbahn.

«Kein Grund, einen Unfall zu riskieren», sagte Gächter. «Ich versteh deine ewigen Skrupel nicht, Ernst – ich mach mir jedenfalls keine, wenn es um Leute geht, die ihrerseits völlig frei davon sind.»

«Wenn's rauskommt, bin i gliefert. No han i mei Kommissariat grad vierzehn Tag ghabt, wenn i auch scho wieder em hohe Boga nausflieag.»

«*Wenn's* rauskommt!» Gächter zupfte Tabakkrümel von seinem Jackett.

Bienzle hatte den Motor abgewürgt. Jetzt startete er wieder. Als er das Ende der Umfriedung von Lechners Grundstück erreichte, stand dort Abigail-Rosi Maurer. Bienzle bremste abrupt.

Gächter knurrte: «Schon wieder!» Und tatsächlich starb im gleichen Moment der Motor ab.

Bienzle stieg aus und trat hinter die Seitenmauer.

«Was gibt's?» fragte er Rosi nicht gerade freundlich.

«Ich wollte nicht, daß Sie was Falsches denken.»

«Was kann man da schon groß denken? Sie waren in der Kirschgasse Lechners Agentin, oder?»

«Ach was! Er hat mich aufgegabelt, weil ihm wer gesagt hat, ich sei mit Ihnen weggegangen.»

«Und?»

«Er hat mich unheimlich verhauen.»

«Was?»

Rosi hob ungeniert den Rock und zeigte Bienzle die blau angelaufenen Striemen auf ihren Schenkeln.

«Und so was lassen Sie sich gefallen? Zeigen Sie ihn an!»

«Alles zu seiner Zeit.»

Bienzle hob den Blick und musterte Rosi aufmerksam. Es war nicht mehr viel übrig von der Naivität, die sie ihm vorgespielt hatte.

«Er braucht mich als Zeugin im Prozeß gegen die Baumeister.»

«Die muß erst einmal gefunden sein.»

«Aber die sitzt doch schon!»

«Was?»

«Ja, in Stadelheim. Seit gestern abend ... Sie hat sich beim Sepp gemeldet. Er soll ihr Geld schicken, weil sie doch so holterdiepolter wegmußte. Er hat gesagt, er bringt's ihr. Er ist auch gefahren. Aber irgendwie hat sich die Polizei an ihn gehängt, oder das Telefon abgehört ...»

«Das gibt's nicht», sagte Bienzle.

«Auf jeden Fall, sie haben sie geschnappt, und der Sepp konnte sich grade noch retten ... Jetzt sitzt sie halt. Der Sepp sagt, sie muß die Schuld auf sich nehmen, und wenn sie's nicht tut, muß ich eine Aussage machen.»

«Und Frau Baumeister beschuldigen?»

«Was'n sonst?»

«Natürlich.»

«Solange er gestern unterwegs war, war ich bei einem Arzt und hab mir ein Attest ausstellen lassen über die Mißhandlungen. Und Ihnen wollte ich für alle Fälle diese Angaben machen» – sie sagte wirklich ganz förmlich ‹die Angaben machen› –, «damit ich noch weitere Sicherheiten habe.» Sie wischte ein paar nicht vorhandene Stäubchen von Bienzles Jackenrevers und sagte: «Ich hab Vertrauen zu Ihnen, aber gegen den Lechner mach ich erst was, wenn er sich nicht mehr wehren kann.»

Bienzle hielt ihre Hand fest, weil ihn das Gefummel an seiner Jacke nervös machte. Sie lehnte sich ein wenig gegen ihn.

«Sie kennen sich aus, was?» sagte Bienzle unfreundlich.

«Man lernt 'ne Menge, wenn man aufpaßt. Ich hab viel Lehrgeld bezahlt – seit ich sechzehn bin. Jetzt bin ich siebenundzwanzig und will auch mal kassieren – wenn's geht.»

Bienzle schob sie ein wenig von sich weg und sah ihr ins Gesicht. «Meistens geht's nicht», sagte er sanft.

«Das nächste Mal, wenn ich zur Polizei geh, hat er gesagt, zerschneidet er mir das Gesicht ... Der Sepp.»

«Ich wollt, Sie würden ihn anzeigen.»

«Irgendwann vielleicht.» Sie wandte sich ab und ging an der Mauer entlang Richtung See.

Bienzle sah ihr noch eine Weile nach und ging dann zum Auto zurück. Gächter hatte sich inzwischen ans Steuer gesetzt. Bienzle verzichtete darauf zu protestieren und stieg ohne ein Wort auf der Beifahrerseite ein.

«Nun?» fragte Gächter.

«Später.» Bienzle versank in ein dumpfes Brüten. Schließlich sagte er: «Frau Baumeister sitzt in Stadelheim.»

«Hat *sie* das gesagt?»

«Hm.»

«Meinst du, sie würde uns empfangen?»

«Warum nicht? Schließlich haben wir Nachrichten für sie.»

Bienzle sprach kein Wort mehr, bis sie vor dem Gefängnis ankamen.

Zwei Telefongespräche hatten genügt. Jetzt saßen sie in einer Sprechzelle und warteten auf Frau Baumeister.

Sie trug ein schlichtes schwarzes Kleid, graue Strümpfe

und hochhackige schwarze Schuhe. Das Haar hatte sie straff nach hinten gekämmt und in einem großen Dutt zusammengefaßt. Sie sah Bienzle ohne erkennbare Regung an.

Dem Kommissar war es ein wenig ungemütlich; er hatte das oft, wenn er Leute im Gefängnis traf, die er dort hineingebracht hatte. Gächter beobachtete ihn und schüttelte unmerklich den Kopf.

«Frau Baumeister», sagte Bienzle hastig und ohne Gruß, «ich bestelle Ihnen Grüße von Ihrem Sohn. Er hat einen Selbstmordversuch gemacht, aber das haben Sie ja vielleicht erfahren. Ich hatte ein längeres Gespräch mit ihm und hoffe sehr, daß wir ihn da bald wieder draußen haben.»

«Erst mal haben Sie ihn hineingebracht», sagte sie bitter.

«Hoppla», sagte Gächter, «wenn's soweit kommt, daß die Mütter ihre Erziehungsfehler erst einmal uns aufbuckeln, gibt's gleich viel weniger Generationskonflikte.»

«Wer sind Sie denn?» fragte Frau Baumeister aufmerksam. Sie schien ihm die scharfe Bemerkung nicht übelzunehmen.

«Kommissar Gächter, ein Kollege von Herrn Bienzle. Und zwar einer, der sich die Fehler anderer nicht so mir nichts, dir nichts aufhalsen läßt … Es mag Sie ja einigermaßen trösten, wenn Sie allein in Ihrer Zelle alles auf die Bullen schieben; nur stimmt's halt nicht.»

«Was wollen Sie überhaupt?»

Bienzle sagte: «Mich interessiert, warum's in diesem Fall so viele freiwillige Sündenböcke gibt.»

«Ich verstehe nicht …»

«Nun ja, bei uns in Stuttgart hat ein Türke einen Mord gestanden, den er gar nicht begangen hat – aller Wahrscheinlichkeit nach wenigstens. Und Sie nehmen diese Erpressungsversuche allein auf sich, obwohl doch der Josef Lechner der eigentliche Initiator dieser Schweinereien und einiger anderer ist. Sie setzen sich friedlich in den Knast, während er sich in Starnberg von Rosi Maurer und einigen anderen Gespielinnen die kühlen Drinks auf seiner schattigen Terrasse servieren läßt.»

«Sie waren bei ihm?»

«Ja. Wir hatten ein recht informatives Gespräch ... Ich habe ihm empfohlen, sich von Keller zu trennen. Herr Kröglin, der auch da war, konnte ihm allerdings nicht zuraten.»

Frau Baumeister hatte den Daumen zwischen die Zähne geschoben und biß kräftig zu. Ihre Augen wurden schmal vor Schmerz, aber sie ließ nicht nach. So saß sie eine ganze Weile vornübergebeugt, verkrampft, erstarrt.

Bienzle hätte ihr gern die Hand auf den Arm gelegt, aber die dicke Glasscheibe mit dem Sprechsieb in der Mitte verhinderte es.

Endlich zog sie den Daumen aus dem Mund. Tiefrote Einkerbungen ihrer Zähne zeichneten sich ab. «Ich will zurück in meine Zelle», sagte sie.

Bienzle nickte. «Nur noch eins: Ich glaube, wenn Sie jemand suchen, der Ihnen wirklich zugetan ist, dann sollten Sie sich an Peter halten.»

Sie sah ihn sekundenlang an, und obwohl sie keine Miene verzog, rannen zwei Tränen das ebenmäßige Gesicht hinunter.

Gächter sagte: «Daß Sie so 'n paar geile Böcke geschröpft haben, schadet nichts. Würd ich mir kein Gewissen draus machen.»

Sie ging sehr aufrecht hinaus.

«Was sollte denn das?» fragte Bienzle.

Gächter grinste. «Ich dachte, ich will ihr auch was Nettes sagen ... Außerdem ist es genau das, was ich denke, mein Lieber.»

Im großen Vorraum des Gefängnisses, bei der Einlaßpforte, wo dicht nebeneinander die Automaten hingen, aus denen sich die Gefangenen ihr Bier, ihre Cola oder ihre Schokolade holen konnten, hingen auch zwei offene Fernsprecher. Gächter warf zwei Markstücke ein und wählte das Stuttgarter Büro.

«Den Gollhofer bitte ...» Und dann: «Wie sieht's aus?» Nach einer kurzen Pause sagte er dann: «Na, ist doch besser als gar nichts, nicht wahr ... Und jetzt wollen wir mal die Spuren verwischen, was?» Damit legte er auf.

Bienzle sagte: «Zwei Markstücke für ein Vierzigpfenniggespräch? Setz die bloß nicht auf die Spesenabrechnung!»

«Aber sicher mach ich das. Was ich erfahren habe, ist 'ne Menge mehr wert: Lechner – vermutlich war es Lechner; ein Mann mit bayerischem Akzent halt – hat von einer Zelle aus bei Keller angerufen. So hat es sich wenigstens angehört, sagt Gollhofer. Das war um 14.23 Uhr – sechzehn Minuten, nachdem wir das Haus verlassen hatten ... Er muß Keller ziemlich zur Sau gemacht haben. Ein Kurier ist angekündigt. Gollhofer nimmt an, daß er mit der Bahn fährt, denn der Treff ist auf 19.57 Uhr festgesetzt. Hauptbahnhof, Gleis 9.»

«Das ist der Intercity, der hier um 17.45 Uhr abgeht.»

«Den müßten wir noch kriegen ...» Gächter sah auf die Uhr.

«Und der Golf?»

«Den lassen wir in München, und du machst am Wochenende einen Ausflug mit deiner Hannelore: Hinfahrt Zug, Rückfahrt Auto – macht doch Spaß, oder nicht?»

«Wenn's di net gäb und koine große Kartoffel ...»

«Müßte man lauter kleine essen, ich weiß.»

23 Manchmal brauchen auch Polizisten Glück. Bienzle und Gächter waren gut eine halbe Stunde vor Abfahrt des Zuges am Bahnhof. Jeder von ihnen übernahm einen Seiteneingang; den Mitteleingang konnten sie nicht auch noch überwachen. Das Glück hatte Bienzle.

Er sah das Mercedes-Coupé schon, als es noch gut hundert Meter vom Bahnhof entfernt in einer Schlange stand und nur langsam vorankam. Am Steuer saß eine Frau, neben ihr ein Mann – mehr war auf die Entfernung nicht festzustellen. Schritt für Schritt rückte das Fahrzeug näher auf den Bahnhof zu. Bienzle erkannte jetzt das Nummernschild und auch die Frau – Rosi Maurer. Plötzlich beugte sich der Mann auf dem Beifahrersitz zu der Fahrerin hinüber. Sie küßten sich flüchtig, dann sprang er heraus. Die Frau wendete auf der Straße und fuhr in der entgegengesetzten Richtung davon.

Bienzle hatte den jungen Mann noch nie gesehen. Er trug einen tadellosen hellen Leinenanzug und ein weißes Hemd, dessen großen Kragen er über die Revers des Anzuges gelegt hatte. Er war mindestens einen Meter neunzig groß, schlaksig und sicher nicht viel älter als zwanzig. Er trug einen schmalen braunen Aktenkoffer in der Hand.

Wenn er draußen bei Lechner gewesen war, konnte es ohne weiteres sein, daß er Bienzle und Gächter gesehen hatte, ohne daß sie ihn bemerkt hatten. Bienzle ging ein paar Treppen zu den Toiletten hinunter, als der junge Mann die Bahnhofshalle betrat, machte aber gleich wieder kehrt, um ihm zu folgen.

Es waren noch fünf Minuten bis zur Abfahrt des Zuges. Der junge Mann zögerte einen Augenblick, machte ein paar Schritte auf die Schalterhalle zu, besann sich dann aber anders, kaufte an einem Zeitungsstand den *Playboy* und die *Financial Times* und stieg in den letzten Wagen des Intercity.

Bienzle blieb am Prellbock stehen. So war's mit Gächter

ausgemacht, der buchstäblich in letzter Minute angeschlendert kam.

«Nichts», sagte er.

«Ich hab den Mann gesehen», gab Bienzle zurück. «Keiner von denen, die wir kennen – Typ gehobener Ladenschwengel.»

«Darunter kann ich mir nicht viel vorstellen», sagte Gächter, während er den Zug enterte und Bienzle hilfreich die Hand entgegenstreckte. Im gleichen Augenblick ruckte der Zug an.

Der junge Mann saß im Speisewagen und las in der *Financial Times*, als die beiden kurz hinter Ulm auf die Suche nach ihm gingen.

«Angeber», knurrte Gächter, als ihn Bienzle auf den jungen Mann aufmerksam machte.

Der braune Koffer lag neben dem Jüngling auf der Bank.

Gächter setzte sich ihm gegenüber, während Bienzle auf der anderen Seite des Ganges Platz nahm. Der junge Mann ließ die Zeitung kurz sinken, musterte Gächter mit einem gleichgültigen Blick und las weiter. Er hatte einen Whisky vor sich stehen.

Gächter bestellte ein Bier, Bienzle einen Rotwein.

Gächter sagte kurz vor Geislingen: «Sagen Sie, Herr Nachbar, bringt das eigentlich was?» Dabei schnippte er mit dem Finger gegen die Zeitung.

«Kommt immer darauf an, wer es liest», sagte der junge Mann von oben herab mit einer leicht näselnden Stimme.

«Sie reisen in Geschäften?» fragte Gächter unbeeindruckt.

Der junge Mann nickte.

«Herr Keller erwartet Sie, nicht wahr?»

Der junge Mann zog die sorgfältig gekämmten Augenbrauen zu zwei spitzen Dreiecken hoch. «Herr Keller?»

«Ja. Er hat uns nach Ulm geschickt, um Ihnen auf halbem Weg entgegenzukommen.»

«Uns?»

«Na ja, mich und zwei Kollegen. Einer sitzt da drüben, der mit dem Rotwein.»

Der junge Mann sah Bienzle abschätzig an. «Und der andere?»

«Sichert sozusagen draußen das Feld.»

«Das gefällt mir nicht.»

«Das war auch gar nicht anzunehmen.» Gächter nickte gelassen.

Bienzle studierte den Kollegen die ganze Zeit und dachte: Jeder würde ihm den Gangster abnehmen!

«Ich habe klare Anweisungen», sagte der Jüngling.

«Da wird sich Papa Lechner aber wundern, wenn du sie nicht einhalten kannst.»

«Mein Vater wird sich das nicht gef ...»

«So kommt man zu seinen Informationen», unterbrach ihn Gächter. «Sie sind also der Lechner junior.»

«Ja.»

«Und ich möchte wetten, Sie haben keine Ahnung, was für brisantes Material da in Ihrem Köfferchen ist.»

«Aber Sie, was?» Der junge Mann bemühte sich, seinen überlegenen Ton zu halten.

Bienzle beugte sich herüber. «Was machen Sie denn beruflich?»

«Ich studiere, aber ich glaube nicht, daß Sie das was angeht.»

Bienzle machte spitze Lippen. «Na, ich weiß nicht, vielleicht doch.»

«Haben Sie einen Schlüssel zu dem Koffer?» fragte Gächter.

Der Junge schüttelte den Kopf.

Da zum erstenmal befürchtete Bienzle, daß ihnen ein großer Fehler unterlaufen sein könnte. «Den Schlüssel hat Keller», sagte er mißmutig; es war mehr eine Feststellung als eine Frage. Vielleicht hatten sie Lechner zu früh gestellt.

Der Zug passierte Göppingen. In einer knappen halben Stunde würde er in Stuttgart einlaufen. Bienzle gab Gächter ein Zeichen und machte sich auf die Suche nach dem Zugführer.

Das war ein älterer Mann, der sofort verstand. Er stellte, ohne viel zu fragen, eine Funkverbindung zum Stuttgarter Hauptbahnhof und dort zur Bahnpolizei her. Bienzle veranlaßte, daß Keller ab sofort überwacht werden sollte. Außerdem wurden Haußmann und Gollhofer zum Gleis 9 beordert.

«Könnten Sie denn ein bißchen langsam tun?» fragte er dann den Zugführer.

Aber der schüttelte energisch den Kopf. – «Bei mir gibt's keine Verspätung – zumindest keine, die ich verschulde. Da ist nichts zu machen, aber auch gar nichts, Herr Kommissar!»

Gächter und der junge Lechner saßen sich noch genauso gegenüber, wie Bienzle sie verlassen hatte. Lechner las wieder in den gelbrötlichen Seiten des internationalen Finanzblattes. Gächter bohrte mit dem Nagel des kleinen Fingers in den Zähnen und schaute zum Fenster hinaus.

Der Zug fuhr durch den Bahnhof von Plochingen.

Draußen schien die Sonne, aber die Klimaanlage des Intercity unterkühlte die Luft in den Waggons. Bienzle fror ein wenig. Er verglich den jungen Lechner mit Neidlinger. Dieser schlaksige Kerl da wirkte seltsam unversehrt, während Neidlinger vielfach verwundet erschien. Die Neidlingers und die Rosi Maurers lebten auf der Kehrseite des Highlife, das sich Typen wie Keller oder Lechner leisteten.

Lechner junior spürte den Blick des Kommissars und wandte ihm den Kopf zu. «Is was?»

«Gleich wird was sein», knurrte Bienzle.

Sie fuhren durch Cannstatt. Der Lautsprecher sagte an, daß der Zug in wenigen Minuten Stuttgart-Hauptbahnhof erreichen werde, und kurz darauf wiederholte er: «In Stjutgard Mäjn Stäischen.» Gächter mußte lachen. Er fuhr selten mit der Bahn und hatte derartige Ankündigungen noch nicht gehört.

«Ich wäre Ihnen verpflichtet, wenn Sie mich jetzt allein ließen», sagte der junge Lechner. «Das dürfte auch im Sinn von Herrn Keller sein.»

Gächter lachte erneut. «Sicher!»

Bienzle blieb dicht hinter dem jungen Lechner. Gächter hatte sich rücksichtslos zur Tür am anderen Ende des Waggons durchgedrängt und sprang auf den Perron, noch ehe der Zug ganz gehalten hatte. Die Erste-Klasse-Wagen hielten ganz hinten. Der Weg zum Kopf des Bahnsteigs war weit. Gollhofer und Haußmann kamen langsam am Zug entlang.

Lechner marschierte mit ausholenden Schritten auf der Mitte des Bahnsteigs Richtung Halle. Elegant suchte er sich seinen Weg durch die Menge. Kurze, geschmeidige Bewegungen verschafften ihm immer wieder Vorteile. Wie ein Fußballspieler dribbelte er sich durch. Bienzle verlor fast den Anschluß und hielt ihn nur, indem er das eine und andere Foul beging.

Lechner hatte die *Financial Times* unter den Arm geklemmt. Kurz vor dem Ende des Bahnsteigs wechselte er das Köfferchen in die andere Hand und zog die Zeitung unter dem Arm hervor. Er hob sie in Kopfhöhe. Zwei Männer kamen auf ihn zu.

Bienzle erreichte jetzt Gollhofer. «Der dort mit dem hellen Leinenanzug, der Lange.»

Aber Gächter war schon neben ihm. Auch Haußmann hatte schnell geschaltet und umrundete die drei Männer wie ein Herdenhund die Schafe. Bienzle erreichte die Gruppe und sagte etwas atemlos:

«Polizei. Machen Sie keinen Fehler jetzt. Sie sind vorläufig festgenommen. Der Koffer wird beschlagnahmt.»

Es folgte eine Szene, die Bienzle wiederum an Fußball erinnerte. Wie bei einer abgesprochenen Freistoßvariante spritzten die beiden Männer, die Lechner in Empfang genommen hatten, nach rechts und links auseinander, drehten auf dem Absatz – es waren ganz synchrone Bewegungen – und starteten Richtung Bahnsteig. Einer rannte voll in Gollhofer hinein, der bewegungslos dastand, der andere wurde von Haußmann schon nach zwanzig Metern eingeholt.

Die Bahnpolizei erschien verspätet mit vier Mann. Da aber Haußmann die Waffe gezogen hatte, wurde sie doch noch gebraucht, um die mit spitzen Schreien auseinanderstiebenden Passanten zu beruhigen.

Bienzle sagte trocken: «Wer davonrennt, kann kein gutes Gewissen haben.»

Der junge Lechner antwortete wie ein wohlerzogener Schüler: «Ich bin aber nicht davongelaufen.»

Bienzle lächelte ihm freundlich zu: «Nein, Sie nicht; Sie waren ganz brav.»

24

Der Koffer enthielt einen schmalen Aktenordner mit vierundzwanzig engbeschriebenen Seiten. Überschrieben war er *Exposé*. Der Text war verschlüsselt und ergab keinerlei Sinn. Auch die langen Zahlenkolonnen konnte niemand deuten, ehe die dazugehörenden Texte nicht entschlüsselt waren.

Hauser, der dazugekommen war, schüttelte den Kopf. «Ich weiß nicht ... Wir können doch nicht einem schlichten Reisenden mit Polizeigewalt seinen Koffer abnehmen, als ob zehn Kilo Heroin drin wären, und dann ...»

«Das muß es sein!» sagte Bienzle plötzlich.

«Wie bitte?» fragte der Präsident.

«Schau dir mal die Zahlen an ...» In der Aufregung duzte er den Jugendfreund vor den anderen. «Liest sich doch wie Gewichtsangaben!»

«Könnten auch Mark und Pfennige sein.»

«Na hör mal – 1,7 oder 2,4 oder auch 0,2 oder hier sogar 0,025 – wo gibt es denn das in Mark und Pfennigen? Aber in Kilo könnte es schon eher einen Sinn machen. Frag doch mal ... Entschuldigung, Herr Präsident ... Fragen Sie doch mal bei Tellemien im Rauschgiftdezernat.»

«Selbst wenn Sie recht hätten, Bienzle – wir müssen erst den Text entschlüsseln.»

«Ich kenne nur einen, der das auf die Schnelle bringt», meldete sich Gächter.

«Doktor Nobel?» fragte Bienzle.

«Genau.»

«Ausgeschlossen!» sagte Hauser.

«Er hat den Vorteil, daß er sich mit Rauschgiften auskennt», warf Gächter ein.

«Gerade deshalb», sagte Hauser fast trotzig.

«Sie sollen ihn ja nicht in allen Ehren wieder aufnehmen, ganz abgesehen davon, daß er das ganz sicher selber nicht will. Wir wissen nicht einmal, ob er uns diesen Dienst tut. Aber wenn, dann können wir uns gratulieren.»

«Wenn *du* mit ihm sprichst, macht er es schon», meinte Gächter.

«Ich will auf jeden Fall nichts damit zu tun haben», sagte Hauser.

«Es ist sowieso schon spät», brummte Bienzle, «ein Präsident hat um diese Zeit andere Verpflichtungen, denke ich.»

Hauser ging schnell hinaus. Vor der Tür putzte er die Schuhe auf dem Schuhabstreifer ab.

«Also los!» drängte Bienzle. «Wo finden wir ihn?»

«Er spielt in einer Dixieland-Kapelle im Ketterer-Keller.»

«Net schlecht. Haußmann, Sie kommen mit, dann können Sie mir unterwegs erzählen, was Ihre Observation in Esslingen gebracht hat.»

Haußmann berichtete wie immer wohlvorbereitet und sehr präzis. Das Lagerhaus habe außer einigen Kisten mit teuren Pelzmänteln, anderen mit High-Fi-Geräten und einem Stapel Videoanlagen nichts enthalten.

«Ich würde sagen, typisches Hehlergut, aber sehr gut getarnt. Alle Waren haben ordnungsgemäße Laufzettel der Lieferfirmen. Nur daß die Lieferfirmen niemals an Keller geliefert haben.»

«Dann sind die Zettel gefälscht.»

«Wir fragen zur Zeit alle Versicherungen nach entsprechenden Transport- oder Diebstahlschäden ab.»

«Sehr gut. Die Schlinge zieht sich ganz schön zu um den Hals des guten Herrn Keller.»

«Darf ich Sie fragen, was es mit diesem Doktor Nobel auf sich hat?» fragte Haußmann nach einer Pause.

Bienzle lachte. «Den Doktor hat er, glaube ich, in Chemie gemacht. Den Spitznamen ‹Nobel› hat er sich wegen seiner außerordentlich eleganten Garderobe eingehandelt – mit dem Chemiker und Sprengstofferfinder Nobel und seinem Dynamit hat es nichts zu tun. Er war im Labor unser größtes As. Nur – ins Labor geraten halt nicht nur Gipsabdrücke, Gewebeproben oder Blutgerinnsel. Dort werden auch die sichergestellten Rauschgifte klassifiziert. Kein Mensch weiß, wieviel so ein Chemiker braucht, um seine Analysen zu machen. Auf jeden Fall geht immer mehr ins Labor, als nach der Prüfung wieder herauskommt. Nobel – bürgerlich heißt er übrigens Hans Köberle – nahm ab und zu eine Probe … Es fing mit Morphium an. Das hatten wir damals einem süchtigen Arzt abgeknöpft. Dann kam er auf Kokain. Später sagte er einmal zu mir, so ein Code, den er entschlüsseln mußte, sei für ihn wie ein offenes Buch, wenn er geschnupft habe. Er stimulierte seine kriminalistischen Leistungen, indem er selber kriminell wurde. Na, zum Heroin war's dann kein großer Schritt mehr. Wahrscheinlich trieb ihn sein rastloser Erkenntnisdrang dazu, sich auch einmal eine Spritze zu setzen.

Niemand hat etwas bemerkt. Ich auch nicht, obwohl ich zu seinen besten Freunden gehörte. Aber Heroin macht halt schneller abhängig als jede andere Droge, das Rauschgift Alkohol eingeschlossen … Na ja, eines Tages haben wir ihn gefunden. Er hatte gar keine so große Dosis genommen, aber es war ein sehr schwüler Tag. Stuttgart lag unter einer Smogglocke. Wir konnten alle kaum atmen. Sein Herz hat wohl nicht richtig mitgemacht. Die Spritze steckte noch in seinem Arm. Er war bewußtlos.

Und dann – Sie kennen ja den Polizeiapparat – begannen die peniblen und peinlichen Ermittlungen. Er ging freiwillig – sowohl in den Entzug wie auch von der Polizei weg. Damals war er schon sechsunddreißig. Er sagte zu mir: «In meinem Alter schafft man's schon …» Ich denke, er hat's geschafft, aber ich weiß nicht, unter welchen Qualen.

Nach dem Entzug zog er zwei Jahre ziellos durch die Welt. Ich glaube, es gibt kaum ein Land, in dem er nicht gewesen ist. Er hat ganz interessante Artikel darüber geschrieben und sehr schöne Fotos gemacht. Einiges davon hat er auch verkauft. Tja, und als er wiederkam, spielte er wieder Klarinette.

Wir haben früher viel zusammen musiziert. Ich hab auch gesungen, ja, ja, gucket Se no. Bloß, ich hab wieder aufg'hört, ond der Nobel hat sich immer weiter geschult. Ein begabter Kerle, wirklich – sehr musikalisch! Jetzt ist er ein richtiger Meister auf seinem Instrument. Er spielt bei so 'ner Ragtime-Band. Musik, mit der wir aufgewachsen sind.»

«Und davon kann er leben?»

«Na ja, ein Benny Goodman ist er natürlich nicht, aber er spielt wirklich gut. Ob er davon leben kann ...»

Bienzle ließ den Satz in der Luft hängen. Sie hatten die Marienstraße erreicht und parkten im Halteverbot.

Zum Ketterer-Keller ging es eine enge, gewundene Steintreppe hinunter. Eine Plastikflügeltür mußte gegen die dicke Luft, die von unten heraufdrang, aufgestemmt werden. Fetzen rhythmischer Trompetenklänge mischten sich mit dem Klatschen der Zuhörer, die gerade ein Solo feierten. Bienzle zahlte für jeden fünf Mark Eintritt und betrat als erster den niedrigen, rauchgeschwängerten Raum.

Links vom Eingang auf einem kaum erhöhten Podest saßen dicht beieinander neun Musiker. Der Trompeter war noch mit seinem Solo beschäftigt; die Spieler aus dem Saxophonsatz hatten Pause und griffen nach ihren Biergläsern.

«Basin Street Blues», sagte Bienzle über die Schulter und war stolz, daß er dem Jungen so prompt, wenn auch ungefragt, Auskunft geben konnte.

Der Trompeter empfing mit einer tiefen Verbeugung den Solo-Applaus. Ein mittelgroßer Mann von gut vierzig Jahren, der ein zartgestreiftes Hemd in Ocker und Braun und darüber breite rote Hosenträger trug, erhob sich.

Er hatte ein schmales Gesicht, glatt nach hinten gekämmte schwarze Haare und trug eine Brille mit halben Gläsern, die in ein feines Gestell gefaßt waren. Während er spielte, starrte er durch die Gläser auf die Noten und hob nur gelegentlich den Blick über deren waagerechten Rand, um das Publikum prüfend zu mustern. Sein Solo begann mit einem langgezogenen, klagenden Ton, den er endlos auszuhalten schien, aber urplötzlich und ohne erkennbar abzusetzen, ließ er ein paar Läufe folgen, deren einzelne Töne sich wie glänzende Perlen voneinander absetzten. Bienzle nickte anerkennend. Das war noch besser, als er erwartet hatte.

Ein Mädchen stieß den beiden Beamten ein Bier in die Hand. Haußmann bezahlte, während Bienzle schon den ersten Schluck nahm.

Als er den Krug an die Lippen hob und den Kopf leicht nach hinten sinken ließ, um dem Bier den rechten Weg zu weisen, fiel der Blick des Klarinettisten auf ihn. Der Musiker blinzelte, wechselte dann, indem er heftig ein paarmal mit dem Fuß aufstampfte, den Rhythmus und fiel auch in eine ganz andere Melodie. Die anderen Musiker hasteten ihm hinterher, kamen ins Stolpern, fingen sich aber schnell und folgten ihm dann willig in den alten Schlager *Icecream – You scream*.

Bienzle wischte sich mit dem Handrücken den Mund ab, setzte das Bierglas auf ein schmales Geländer neben sich und nickte ein paarmal. Das war früher ihre Erkennungsmelodie gewesen. So hatten sie gepfiffen, wenn sie sich suchten oder ihr Kommen ankündigten.

Der Klarinettist bot sein ganzes Können auf; er improvisierte frei über Trompete und Posaune, die brav bei der Melodie blieben. Bienzle, den Bierkrug wieder in der Hand, ging, wie von der Musik angezogen, auf das Podium zu. Der Klarinettist setzte einen Moment ab, griff nach einem Mikrophon an einer langen Schnur und warf es Bienzle geschickt zu.

Der Kommissar fing es mit der freien Hand auf. Er hatte plötzlich ein verlegenes Lächeln im kantigen Gesicht. Die

Leute um ihn applaudierten und riefen ihm allerlei zu, was er nicht verstand. Der Klarinettist gab ein Zeichen, die Instrumente verließen ihre Melodien und deuteten nur noch rhythmisch das Lied an. Bienzle begann plötzlich, ohne recht zu merken, wie es geschah, und mit einem kräftigen Kloß im Hals, zu singen.

Die Stimme wurde schnell frei. Er hatte einen tiefen, wohlklingenden Bariton, und er konnte die Stimme in ein rauhes Krächzen brechen lassen, um sie kurz darauf wieder in ihre volle Reinheit zurückzuführen. Nach den ersten beiden Zeilen unterbrach er sich, nahm einen riesigen Schluck aus seinem Krug, griff das Mikro fester, lehnte sich gegen einen Balken, und dann legte er richtig los.

Als er endete, brach das Publikum in schreienden Jubel aus. Der Drummer gab den Takt für den Beifall vor. Der Klarinettist stellte sein Instrument auf den Ständer und kam herunter. Er umarmte Bienzle und schrie ihn durch den Lärm an:

«Mann, du altes Arschloch, warum kommst du erst heut?»

Bienzle konnte vor lauter Rührung kaum sprechen. «Ab jetzt öfter», sagte er ungelenk und mit rauher Stimme.

Die Band begann ein neues Stück. «Komm, wir trinken einen», sagte Nobel. Bienzle stellte seinen jungen Kollegen vor, was Nobel mit einer Grimasse quittierte. «Seid ihr etwa dienstlich da?»

«Auch ...» Bienzle war nicht ganz wohl dabei. «Aber diesmal wirst du mir helfen, denn wenn mich nicht alles täuscht, handelt es sich um die größten Rauschgiftdealer, die wir derzeit im Ländle haben.»

«Wenn's denn sein muß ...» sagte der Klarinettist obenhin. «Komm, wir gehen in die Küche.»

Direkt hinter dem Jazzkeller befand sich die Küche für das ganze Hotel und die Restaurants, die sich hoch über dem Gewölbe auftürmten. Nobel nickte ein paar Männern in hohen weißen Mützen zu, zog drei Hocker unter einem Tisch hervor und schnappte sich ein Handtuch, mit dem er die Platte sauberwischte. Bienzle breitete den Aktenordner aus.

«Zigarette bitte!» sagte Nobel abwesend.

Haußmann reichte sie ihm.

«Feuer …» Er war schon völlig vertieft.

Draußen lärmte der Old Time Jazz, drinnen dampften die Töpfe, klapperten die Köche mit Deckeln und Geschirr. Aber um den Doktor Nobel schien die Welt zu versinken. Es dauerte nun schon eine gute halbe Stunde. Bienzle saß unbeweglich da, während Haußmann alle paar Sekunden seine Sitzposition veränderte.

Endlich hob Nobel den Kopf, er nahm die Brille ab und massierte sich die Nasenwurzel. «Mein lieber Mann!» sagte er schließlich. «Der Code ist nicht schwierig. Ich kann euch den in den Computer eingeben. Aber was da drinsteht … Ich kann dir jetzt schon sagen, das sind Transaktionen, die in die -zig Millionen gehen … Sag mal, du machst doch wieder Mordkommission, oder?»

«Hastes g'hört?»

«Ich erfahr doch alles … Aber Rauschgift ist doch dem Tellemien sein Ressort.»

«Einer, der vielleicht schon soviel wußte wie du jetzt, nachdem du das entziffert hast, mußte dran glauben.»

«Dein Freund da, der Türke?»

«Genau.»

«Feiner Kerl gewesen. Schade, daß er tot ist … Also, wenn ich dir da helfen kann –»

«Du hast mir schon geholfen. Aber wenn wir gleich dem Computer sein Futter …»

«Klar; ich meld mich bloß schnell ab.»

Bienzle und Nobel gingen nebeneinanderher durch die Krumme Straße und die Tübinger Straße. Der Klarinettist hatte sich gewünscht, wenigstens ein paar Schritte zu Fuß zu gehen; Haußmann sollte in der Eberhardstraße mit dem Wagen auf sie warten.

«Ohne der Computerauswertung vorzugreifen», sagte Nobel, «die haben wohl für nächste Woche ein Riesending vor, und es soll – wahrscheinlich muß es sogar – über Stuttgart laufen … Wenn ich's richtig verstanden hab, geht's um eine neue Droge. Engelsstaub! Der Lieferant sitzt in Bolivien. Nächsten Dienstag soll die Übernahme sein. Das Papier weist nun den Mann hier an, die Überbringer nach Frankfurt zu bringen, ohne Verdacht aufkommen zu lassen – München sowohl als auch Stuttgart seien jetzt ein zu heißes Pflaster, aber wenn man versuche, die Lieferanten einfach umzudirigieren, sei das Risiko, daß sie ganz abspringen, zu groß.»

«Engelsstaub …» Bienzle scheuerte seinen Schnurrbart mit den Fingernägeln. «Engelsstaub … Ich hab den Namen schon gehört.»

«Ich auch – und ich erinnere mich auch, was er bedeutet. Schließlich bin ich ja Chemiker. Engelsstaub ist Phenocyclohexyepiperidin.»

«Erwarte bloß nicht, daß ich das wiederhole.»

Nobel blieb ernst. «Es wurde aus Piperidin heraus entwikkelt, das ist ein Beruhigungsmittel für Tiere. Auch Pferde, die bei Rennen nicht siegen sollen, kriegen es ins Futter. Es ist billig herzustellen. Wenn ich nun das Papier richtig verstehe, geht es darum, den Markt hier dafür anzutörnen und später groß einzusteigen – geschätzte Gewinnmarge zweihundert Prozent.»

«Zweihundert?!»

«Ja, später. Zunächst soll die Droge zu Dumpingpreisen angeboten werden. Süchtig wird man davon genauso wie von

Heroin. Die Wirkung ist ähnlich wie bei psychedelischen Drogen – herrliche Farb- und Musikerlebnisse, ungeahnte Effekte – du glaubst, daß du durch die Lüfte segelst und die ganze Welt weit unter dir hast. Das kann dann allerdings schnell umkippen in Angst- und Wahnvorstellungen – entsetzlich, sag ich dir; unvorstellbar! Viele Engelsstaub-Süchtige in Amerika bringen sich um – der Wunsch, sich zu töten, wird übermächtig und nur manchmal umgeleitet auf andere. Dann kann so ein Süchtiger auch zum Mörder werden – ohne Anlaß und ohne erkennbares Motiv.»

Bienzle schauderte. «Der Tellemien müßte das hören.»

«Der weiß das sicher längst. Aber der größte Fehler wäre es ja, dieser Horrordroge auch noch Publizität zu verschaffen.»

«Da wirst du wohl recht haben.»

Sie gingen eine Weile schweigend nebeneinanderher. Schließlich sagte Bienzle: «Das sind Größenordnungen – da erscheint selbst dieser Lechner zu klein dafür.»

Doktor Nobel lachte. «Warum? Schau dir mal die Leute an, die weltweite Milliardengeschäfte für die Industrie machen – die sind in der Regel auch keine Einsteins ...»

Sie erreichten die Eberhardstraße und stiegen zu Haußmann in den Dienstwagen.

Zwanzig Minuten später saßen sie im Präsidium.

«Komisches Gefühl», hatte Nobel gesagt, als sie am Pförtner vorbeikamen. Es war fast Mitternacht gewesen. Jetzt arbeitete er konzentriert und schnell, während eine Sekretärin den verschlüsselten Text auf eine Diskette nahm, um ihn gleich danach im Computer über den Code-Schlüssel mit dem Exposé-Text vergleichen zu können.

Bienzle schlich für einen Augenblick hinaus, um von seinem Büro aus Hannelore anzurufen, aber sie antwortete nicht. Eine unbestimmte Unruhe erfaßte ihn.

Gächter kam herein. «Ist was?»

«Hannelore meldet sich nicht; das ist ungewöhnlich um diese Zeit.»

Gächter sagte: «Unsere Leute, die Keller beobachten, sagen, er habe das Haus den ganzen Tag noch nicht verlassen. Manchmal erscheint er am Fenster und schaut heraus. Man muß davon ausgehen, daß er unsere Überwachungsspezialisten längst entdeckt hat.»

«Macht nichts», sagte Bienzle, der mit seinen Gedanken ganz woanders war.

«Wenn er nur nicht hinterrücks irgendeine Schweinerei …»

Gächter unterbrach sich, denn Bienzle fuhr auf:

«Das ist es ja, genau das! Ich hab Angst, Gächter. Ich fahr nach Hause, nachsehen.»

«Nimm den Haußmann mit, für alle Fälle. Ich kümmere mich um Nobel.»

Bienzle bat Haußmann zu fahren. Er selbst hatte schweißfeuchte Hände, fühlte sich müde und ausgebrannt und mußte beim Verlassen des Präsidiums sogar kurz von seinem Assistenten gestützt werden.

Zum zweitenmal an diesem Abend fuhren sie durch Stuttgarts nächtliche Straßen. Haußmann war ein geschickter und überlegter Chauffeur. Sie hielten am oberen Ende der langen geraden Treppe, die vom Kernerplatz bis zum Bahnhof hinunterführt. Nebeneinander nahmen sie die Stufen in großen Sprüngen. Bienzle zog schon unterwegs den Schlüsselbund aus der Tasche, aber er glitt ihm aus den Fingern. Beim Versuch, ihn schnell wieder aufzuheben, stolperte der Kommissar und ging in die Knie. Haußmann nahm ihm wie selbstverständlich den Schlüsselbund aus der Hand. Er war es auch, der aufschloß, als sie vor Hannelores Wohnung ankamen.

Das hübsche Zimmer mit dem Blick auf den hinter dem Haus ansteigenden Grasberg war verwüstet. Ein Kampf mußte stattgefunden haben. Bienzle stöhnte auf. Haußmann ging zum Telefon. Aber die Leitung war aus der Wand gerissen. Der Assistent suchte und fand eine Cognac-Flasche, die er seinem Chef einfach in die Hand drückte, bevor er zum nächsten Stockwerk hinaufrannte und Sturm klingelte.

Das erste, was er dem verschlafenen älteren Mann, der ihm öffnete, ins Gesicht brüllte, war: «Ja, haben Sie denn nichts gemerkt?» Er drängte ihn zur Seite und stürmte in die Wohnung.

«Na hören Sie mal!» protestierte der Mann. Haußmann fischte seine Karte aus der Jackentasche und warf sie dem Verdutzten zu. Da hatte er aber schon das Telefon in der Hand.

«Sieh bloß zu, daß der Bienzle keinen Scheiß macht», waren Gächters erste Worte, nachdem er Haußmanns Bericht entgegengenommen hatte.

«Was ist los?» hörte Haußmann Nobel von hinten rufen.

«Sie haben Bienzles Mädchen entführt», hörte er dann wieder Gächters Stimme nahe am Hörer, und er ertappte sich bei dem Gedanken, wie unpassend es doch war, Frau Schmiedinger als «Bienzles Mädchen» zu bezeichnen.

Bienzle erschien in der fremden Wohnungstür. «Haben Sie das Präsidium dran?» fragte er, nun unheimlich ruhig.

«Ja, Gächter.»

«Gib her ... Hallo, Gächter, wir treffen uns vor dem Haus von Keller.»

«Verstanden.»

«Wir dürfen ihm nicht viel Zeit lassen.»

«Klar, Ernst; wir packen ihn. Mach dir man keine Sorgen. Der soll uns kennenlernen.»

«Das soll er.» Bienzle legte den Hörer behutsam auf die Gabel zurück und sagte abwesend zu dem verwirrten Nachbarn: «Entschuldigen Sie.»

«Wir haben wirklich nichts gehört! Der Fernseher ist gelaufen, und ich bin ja auch so schwerhörig», erklärte der Mann entschuldigend.

«Macht ja nichts», sagte Bienzle in Gedanken.

25

Gächter hatte noch gewartet, bis der Computer seine Übersetzung geliefert hatte. Das Exposé bestätigte, was Nobel erzählt hatte, und erwies sich darüber hinaus als eine ganz genaue Anweisung dafür, wie binnen drei Tagen der «Stützpunkt Stuttgart» aufzulösen sei. Jeder Posten war genau erfaßt. Insgesamt ergaben sich mehr als 9 Kilogramm Heroin «auf Lager», 21 Kilogramm Haschisch, 1,4 Kilogramm Kokain, dazu erhebliche «Bestände» an LSD und einem Drogen-Alkohol-Gemisch, das in dem Papier «Süfti» genannt wurde. Erfaßt waren auch «Lagerbestände an Pelzen», drei «Posten» Videogeräte und vierundzwanzig Lieferungen an unversteuertem Schweizergold – Gesamtgewicht 24 Kilo. Das Papier zeigte auch auf, wie ausstehende Lieferungen an andere «Stützpunkte» umgelenkt werden sollten. Der «Stützpunktführer» – das war wohl Keller – wurde angewiesen, Deutschland umgehend nach Auflösung der Lager zu verlassen.

Bienzle lehnte gegen einen Zaun nahe bei Kellers Haus, als Gächter eintraf. Aus dem Auto stieg auch Doktor Nobel.

«Wenn ich irgendwas tun kann ...», sagte er.

«Hast du alles übersetzt?»

«Den Klartext habe ich dabei.»

«Hervorragend.» Bienzle klang fast geschäftsmäßig.

«Hör mal», sagte Gächter, «wenn du dich nicht in der Lage fühlst ...»

«Red nicht, wie der Hauser jetzt reden würde.»

Sie gingen auf das Haus zu. Es war kurz nach zwei Uhr in der Nacht, aber die Fenster waren noch erleuchtet.

Bienzle klingelte, und fast gleichzeitig ertönte der Summer. Gächter drückte die Tür mit der Schulter auf. Die rechte Hand hatte er unter dem Jackett, sein Zeigefinger lag auf dem Sicherungshebel der Dienstpistole.

Keller empfing sie mit einem Lächeln. «Kommen Sie herein, meine Herren, ich hab Sie irgendwie erwartet. Nehmen Sie Platz, bitte.»

Bienzle blieb breitbeinig stehen, wo er stand, dicht beim Durchlaß zum geräumigen Wohnstudio, in das zwei Stufen hinabführten. Gächter lehnte sich gegen die Wand neben dem Kamin, in dem ein schwaches Feuerchen knisterte. Doktor Nobel setzte sich mit dem Exposé in der Hand in einen breiten Ledersessel, während Haußmann unruhig von einem Fuß auf den anderen trat.

«Nun?» fragte Keller.

Gächter sagte: «Das Exposé von Sepp Lechner haben wir Ihnen mitgebracht. Es ist uns gelungen, eine schnelle Übersetzung herzustellen. Sie kennen Herrn Doktor Köberle?»

«Doktor Nobel? Natürlich! Ich hab ihm schließlich mehr als einmal angeboten, für mich und für gutes Geld zu arbeiten.» Keller schien bester Laune zu sein.

«Nun, in gewissem Sinn hat er das heute getan», sagte Gächter, ohne eine Miene zu verziehen. «Sie brauchen sich keinerlei Mühe mehr zu machen, Herr Stützpunktführer – klingt wie ein alter Nazirang! –, das Entschlüsseln der Befehle ist doch immer ein bißchen lästig.»

Bienzles Stimme klang rauh, und es schwang ein gefährlicher Unterton mit, als er sich jetzt zum erstenmal meldete: «Wo ist Hannelore Schmiedinger?»

«Das fragen Sie mich? Ist sie meine Freundin oder Ihre?»

Bienzle machte einen Schritt nach vorn.

«Können wir uns mal in Ihrem Prachtschuppen hier umsehen?» fragte Gächter schnell.

«Haben Sie einen Hausdurchsuchungsbefehl?»

«Brauch ich nicht bei Gefahr im Verzug.»

«Ja, aber nur bei der Terroristenfahndung, mein Lieber. Ich kenne die Gesetze zum Glück ganz gut.»

Gächter sah Keller kalt an. «Wir vermuten hier einen konspirativen Unterschlupf der Roten-Armee-Fraktion.»

Keller lachte, aber es klang nicht sehr fröhlich.

«Also, was ist?» fuhr Gächter ihn an.

«Was ist, was ist ... Was soll schon sein? Nötigung ist das! Weiter nichts.»

«Die Schlüssel zu allen Räumen, wenn's recht ist.»

«Wenn's recht ist, wenn's recht ist – Sie wissen ja gar nicht, was Recht ist, sonst würden Sie es nicht fortgesetzt beugen.»

Doktor Nobel stand auf, holte sich aus der offenen Hausbar einen Whisky und goß zwei Gläser ein. Niemand redete, solange er damit beschäftigt war, aber alle sahen zu ihm hin. Jetzt ging er gemessen durch den Raum auf Bienzle zu, vorbei an Keller, und drückte dem Kommissar ein Glas in die Hand. «Eure Methoden sind richtig human», sagte er. «Wir sind vier, er ist einer; seine Leibwächter haben längst das sinkende Schiff verlassen ... Jeder von euch trägt eine Waffe, nicht wahr?»

Bienzle schüttelte den Kopf. «So nicht, Nobel!»

Haußmann war inzwischen unbemerkt aus dem Raum gegangen.

Nobel trank einen Schluck. «Ich würd's aus ihm rausprügeln», meinte er.

Keller wich einen Schritt gegen den Kamin zurück.

Bienzle sah ihn aus müden, blutunterlaufenen Augen an. «Wo ist sie?» fragte er.

«Kann ich mit Ihnen unter vier Augen reden?» fragte Keller plötzlich.

«Nein», sagte Bienzle, «ich weiß nicht, wozu ich heut nacht fähig bin.»

Gächter sagte: «Glauben Sie ja nicht, Keller, daß wir noch mal lockerlassen. Das hier ...» Er klopfte auf das Exposé. «... bringt Sie gut und gern für zehn Jahre in den Knast. Dazu noch die Entführung – das reicht vielleicht sogar für lebenslang.»

«Sie sind doch am Ende», sagte Nobel ganz freundlich.

«Ich nicht!» Kellers Stimme hatte einen triumphierenden Klang. Er sah von einem zum andern, als ob er Beifall erwarte. Da wurde ihm plötzlich bewußt, daß einer der Beamten fehlte. «Wo ... wo ist Ihr junger Kollege?»

«Haußmann?» fragte Bienzle.

«Weiß ich, wie er heißt!»

«Den Namen sollten Sie sich merken», sagte Gächter, «Haußmann, mit scharfem ß, die Schwaben sagen Dreierles-Es ... Haußmann ist ein ausgesprochen begabter junger Kollege.»

Bienzle hatte sich wieder gefangen; er musterte Gächter, dann Keller. Er wußte, daß es ein Pokerspiel war. Keller gab noch lange nicht auf. Klar war, daß er im Augenblick auf Zeit spielte – warum rückte er sonst noch nicht mit seinen Bedingungen heraus? Wo ließ er Hannelore hinbringen?

Haußmann kam herein. Er hatte zwei Weinflaschen unter dem Arm. «Ich hab eine ganze Menge von dem Stoff gefunden. In säuberlich verkorkten Trollingerflaschen.»

«Trollinger?» fuhr Bienzle auf. «Keller, das verzeih ich Ihnen nie!»

Keller wollte auf Haußmann losgehen, wurde aber von Gächter gebremst. Mit schneidend scharfer, sehr leiser Stimme sagte er:

«Stopp, Keller! Ich mach normalerweise nicht so schnell von meiner Waffe Gebrauch, aber bei Typen, die Rauschgift unter die Leute bringen, habe ich wenig Hemmungen.»

«Sie sind imstand …» Keller fixierte Gächter, der seine Dienstwaffe in der Hand hielt.

«Aber sicher bin ich imstand. Zu allerhand, übrigens. Sie können's gleich erleben, wenn Sie jetzt nicht endlich mit der Wahrheit rüberkommen … Wo ist Frau Schmiedinger?»

Keller setzte sich auf die Kante des Couchtisches. Er sah auf seine teure Uhr, hob dann den Kopf und formulierte offensichtlich sehr sorgfältig. «Also, Sie müssen sich die Dame nun durchaus als Geisel vorstellen. Über die Bedingungen ihrer Freigabe würde ich gern mit Herrn Hauptkommissar Bienzle unter vier Augen sprechen, das deutete ich bereits an.»

Bienzle nickte. «Also gut, wartet draußen solange.»

«Ich weiß nicht …», sagte Gächter zweifelnd.

«Ich schaff das schon.»

Die drei anderen verließen zögernd den Raum.

Keller erhob sich und kam auf Bienzle zu, aber der gab einen unartikulierten, knurrenden Ton von sich, der Keller erschreckt innehalten ließ.

«Ich weiß», fing Keller an, «ich stehe mit dem Rücken zur Wand, aber …»

«Einen Augenblick», fuhr Bienzle dazwischen. «Ich hab ein paar Fragen, und ich würde Ihnen raten, schnell und klar Auskunft zu geben.»

«Bitte!» Keller deutete eine leichte Verbeugung an, die in der Situation ziemlich lächerlich wirkte.

«Uygul hat Poskaya nicht ermordet. Wer war's?»

«So bekommen Sie Ihre Frau nie zurück.»

«Antwort.»

«Ich weigere mich. Das heißt, ich kann nur sagen, Uygul war es.»

«Also, das waren auch Sie?» Bienzle starrte ihn an.

«Wie kommen Sie denn darauf?»

«Komisch, ich weiß es – mit einemmal weiß ich es … Sie selbst haben mir's soeben verraten … Wo ist es geschehen – hier? Haben Sie ihn eingeladen? Am Tag seines Todes steht in seinem Kalender: ‹21 Uhr K. Ich muß vorsichtig sein› … Er ist nicht vorsichtig genug gewesen. Armer Vural!»

«Ihre Phantasien müssen Sie selber verantworten.»

Bienzle sah ihn kalt an. «Jetzt Ihr Vorschlag!»

«Ach so, ja, die Sache mit Frau Schmiedinger … Im Augenblick geht es ihr nicht schlecht, würde ich annehmen. Aber das kann sich sehr schnell ändern. Meine Leute sind da nicht zimperlich.»

Bienzle kämpfte mühsam um Beherrschung. «Weiter!»

«Ich bin durchaus bereit, ein Geschäft mit Ihnen zu machen. Sie wollen etwas, das ich Ihnen verschaffen kann: Ihre Freundin. Und ich möchte etwas von Ihnen.»

«Nun?»

«Drei Stunden Vorsprung, weiter nichts.»

Bienzle ging zur Tür und riß sie auf: «Gächter, Nobel, Haußmann!»

Die drei waren sehr schnell wieder in der Wohnhalle.

«Dieser … eh – Herr hier bietet mir ein Geschäft an. Er will drei Stunden Vorsprung, dann läßt er Hannelore frei. Daß er der Mörder Poskayas ist, halte ich für so gut wie sicher.»

«Er?» Gächter sah Bienzle ungläubig an.

Haußmann sagte: «Er hat immerhin eine Waffensammlung, zu der auch eine Menge Messer, Dolche und so was gehören.»

Gächter lehnte sich gegen den Türbalken und sagte in schleppendem Tonfall: «Vielleicht laßt ihr mich mal 'ne Weile mit ihm allein.»

«Nein», sagte Bienzle.

«Aber sieh mal, Ernst: Ein Mann wie der probiert doch mit allen Mitteln, davonzukommen. Er wird versuchen, zu fliehen oder sich zu wehren – wer kann das jetzt schon sagen? Natürlich wird er das nicht überleben; wozu gehen wir schließlich einmal die Woche auf den Schießplatz, um zu trainieren.»

Bienzle schüttelte den Kopf. «Gächter!»

«Schau doch, hat er nicht vorhin selber von Terroristen geredet, oder wie war das? Von denen kommt auch nur noch selten einer lebend in Haft!»

Keller starrte Gächter ungläubig an. «Herr Bienzle, können Sie diese Reden nicht stoppen?»

Gächter beachtete ihn überhaupt nicht. «Was glaubst du – wie viele von den 187 Rauschgifttoten, die wir dieses Jahr schon in unserem Bundesland hatten, hat der da auf dem Gewissen? Doch sicher ein Dutzend, wenn nicht mehr. Und da soll ich Skrupel haben?»

«Sie sind Polizeibeamter!» schrie Keller.

Gächter bewegte sich auf ihn zu und schob den Kopf ganz dicht vor die ängstlichen Augen des Maklers: «Und du bist ein ganz mieses, dreckiges, gefährliches Schwein.»

«Gächter, *bitte*!» Bienzles Protest wirkte nicht sehr überzeugend.

«Mal was von putativer Notwehr gehört?» fuhr Gächter unbeirrt fort. «Kein einziger Polizist, der einen erschossen hat, ist je bestraft worden; alle haben inzwischen ihre Beförderung. Ich bin in letzter Zeit sowieso schleppend befördert worden ...» Gächter griff unter seine Jacke. «Wo ist Hannelore Schmiedinger?» fuhr er Keller an.

«Ich verweigere die Aussage!» schrie der Makler. Aus seinem Gesicht war jede Souveränität gewichen. Und jede Farbe.

Gächter hatte seine Pistole gezogen und spielte mit ihr herum, während er in lockerem Konversationston weiterredete: «Sie können doch rechnen, Keller, wenn Sie sich diesmal vielleicht auch verrechnet haben. Sie fahren gnadenlos in den Knast ein, gnadenlos! Und einer wie Sie, der fällt dort ganz schön auf. Wenn dem Mädchen was passiert – wir hängen's Ihnen an, ob Sie's waren oder nicht. Bienzle, Haußmann, Köberle – wir alle vier schwören vor jedem Richter.»

«Jetzt reicht's!» fuhr Bienzle auf.

«Hör endlich auf, den Rechtsstaat zu verkörpern», sagte Gächter ungnädig. «Guck mal – gerade hat er eine verdächtige Bewegung gemacht ...» Er entsicherte seine Pistole. «Noch eine, und ich knall Sie ab, Keller ... so, und jetzt reden wir beide einmal miteinander: Sie sorgen auf der Stelle dafür, daß eine telefonische Verbindung zu Hannelore Schmiedinger hergestellt wird – und behaupten Sie bloß nicht, daß das nicht geht! Sie haben uns nicht umsonst so lange hingehalten, nicht wahr? Sie haben gewartet, bis Ihre Leute mit der Geisel in Sicherheit waren.»

«Warum sollte ich Ihnen etwas verraten?»

«Haben Sie immer noch nicht begriffen? Weil ich sonst Ernst mache ... Ich muß Sie ja nicht gleich totschießen, nicht wahr; ein Schuß ins Knie oder so würde für's erste vielleicht genügen ... Glauben Sie ja nicht, daß ich Hemmungen habe. Rufen Sie an! Für Sie kann zwar nicht viel dabei herauskommen, außer daß wir Ihnen die Entführung vielleicht nicht anhängen – vorausgesetzt, das Fräulein Schmiedinger treffen wir so unversehrt an, wie sie gestern war.»

Bienzle fuhr zusammen, als Gächter dies sagte.

«Also», bellte Gächter. «Hörer abnehmen, wählen und

eine Verbindung herstellen. Das ist der erste Posten in unserem Geschäft. Weiter verhandelt wird, wenn Bienzle mit Frau Schmiedinger gesprochen hat.»

Keller ging zum Telefon, deckte die Wählscheibe geschickt mit dem Körper ab und wählte dann zehn Nummern. «Ja, ich bin's», sagte er. «Frau Schmiedinger soll einen Satz sagen. Herr Bienzle ist hier – es ist ein Lebenszeichen, weiter nichts, also kein Gequatsche.»

Bienzle ging mit müden Schritten zum Telefon, ließ sich in einen Sessel sinken und nahm dann den Hörer entgegen.

Hannelore sagte mit sehr disziplinierter Stimme: «Ernst? Mir geht's den Umständen entsprechend gut. Die, die mich bewachen, sind eigentlich ganz nett, und ...»

Dann wurde das Gespräch unterbrochen.

Bienzle fühlte plötzlich eine große Erleichterung. Das war nicht unter Druck gesprochen. Er kannte seine Hannelore. Es war ihr nichts geschehen. Bis jetzt war ihr nichts geschehen ... Wie von fern hörte er Gächters Stimme.

«... Sie Linkmichel! Da wählen Sie als Bluff vier Nummern vor, dabei war's die Nullsiebenelf, also die Vorwahl von Stuttgart ... Es gehört nicht soviel dazu, am Rücklauf der Wählscheibe die Zahlen zu erkennen. Männer wie Sie müßten längst Tastentelefone haben. Und weil wir so was vermutet haben, haben wir auch vorgebaut.» Gächter ging nun selbst zum Telefon, wählte und sagte dann: «Gollhofer? Habt ihr die Nummer? – Und der Inhaber? ... Mann, wozu hat die Post diese teuren Computer eigentlich ... Ja, ich warte.»

Keller stand mit herunterhängenden Armen mitten im Zimmer. Sein Gesicht war jetzt grau, der Mund stand halb offen, was seinem Gesicht einen halb staunenden, halb dümmlichen Ausdruck verlieh.

«Sie machen aber auch Fehler!» sagte Gächter mit freundlichem Lächeln. «Was ist?» rief er dann ins Telefon. «Ja, Moment – ich notier das …» Dann wandte er sich an Bienzle: «Sollen die mit dem MEK …?»

«Auf keinen Fall», sagte Bienzle ruhig, «daß womöglich im letzten Augenblick noch was schiefgeht …»

Gächter sagte: «Wartet die weiteren Anweisungen ab. Danke.» Er legte auf.

Keller sagte lahm: «Wenn ich mich nicht stündlich melde, geschieht ihr etwas.»

Gächter sah ihn an: «Das glauben wir Ihnen erst einmal nicht, Herr Keller. Im Feuerbacher Tal also haben Sie ein Grundstück, ein Gütle, wie die Schwaben hier sagen, mit einer schönen Hütte drauf, nehme ich an. Immerhin hat das Hüttle ja nun schon seit anderthalb Jahren Telefon. Und nun wäre ich bereit, um fünf Kästen Andechser zu wetten, daß wir dort auch noch einiges finden, was Sie belastet. Haußmann, haben Sie mal 'ne Acht?»

Haußmann reichte Gächter die Handschellen. Widerstandslos ließ Keller seine Handgelenke einschließen.

«Was jetzt?» wandte sich Gächter an Bienzle.

Keller meldete sich schwach. «Ein Wort von mir genügt, und Frau Schmiedinger ist frei – wie gesagt: Drei Stunden Vorsprung …»

«Dein Wort ist nichts mehr wert», sagte Gächter kalt; da müßten wir Lechner falsch einschätzen … Überhaupt –», Gächter sah zu Bienzle hinüber: «Lechner!»

«Die Münchner Kollegen werden von Maier auf dem laufenden gehalten», warf Haußmann ein. «Der Exposé-Klartext ist per Telecopierer rübergegangen.»

«Hm, hm …» Gächter nickte. «Jetzt kommt's drauf an, wie schnell Lechner ist – beziehungsweise, wie schnell unsere bayrischen Kollegen sind.»

Keller kicherte. «Immerhin hat Lechner noch Verstärkung geschickt.»

«Sie meinen seinen Sohnemann?» Gächter zog die Mundwinkel verächtlich nach unten.

«Quatsch», sagte Keller.

Und von da an schwieg er hartnäckig und verlangte nach einem Rechtsanwalt. Aber als er Kassmann anrief, bedauerte der zutiefst, derzeit das Mandat leider, leider nicht annehmen zu können.

«Ich fahr jetzt raus ins Feuerbacher Tal», verkündete Bienzle.

«Aber nicht allein!» sagte Gächter.

«Haußmann kann mitkommen und der Doktor, wenn er will. Aber du solltest mit dem da hierbleiben, falls tatsächlich Kontrollanrufe von da draußen kommen. Die Tatsache, daß ich telefonische Verbindung mit den Entführern aufnehmen kann, erleichtert die Sache vielleicht, aber nicht unbedingt.»

«Hauser würde es nie gutheißen, daß du das selber machst. Du bist betroffen, da neigt man eher zu Kurzschlußreaktionen – der gefoulte Spieler soll den Elfmeter nie selber schießen.»

Gächter, der sich für Fußball kein Stück interessierte, wählte den Vergleich bewußt, weil er Bienzles Fußball-Leidenschaft kannte.

«Ich paß schon auf», sagte Bienzle. «Und vom Wagen aus rufen wir Verstärkung für dich und für uns.»

«Für hier würde ich das nicht machen», sagte Gächter. «Falls inzwischen irgendwelche von seinen Kumpeln das Haus bewachen, ohne daß wir's merken – könnte ja sein …»

Bienzle sah seinen Freund zweifelnd an. Er traute ihm nicht so recht.

Gächter nickte ihm aufmunternd zu: «Morgen ist alles überstanden, Ernst.»

26 Haußmann fuhr. Der Doktor und Bienzle saßen im Fond. Nobel schüttelte immer wieder den Kopf.

«Was hast du denn?» fragte Bienzle schließlich irritiert.

«Der Kerl muß doch bescheuert sein! Stell dir vor, *wir* hätten so ein Unternehmen aufgebaut – würden uns da so gravierende Fehler unterlaufen wie diesem Keller?»

«Keine Ahnung.» Bienzle gähnte. «Wahrscheinlich schon. Wenn ich dran denke, was ich schon alles falsch gemacht habe ... Nur daß unsereiner nicht gleich in den Knast kommt dafür.»

Köberle lachte. «Na ja, bei mir war's anders.»

«Warst du im Knast?»

«Acht Tage, ehe ich zum Entzug kam. Aber das hat gereicht, glaub mir.»

«Ich glaub's. Und jetzt?»

«Was jetzt?»

«Lebst du von der Musik?»

«Tagsüber verkauf ich Platten in einem Geschäft in Sindelfingen, da kennen mich nicht so viele Leute; dann schreib ich noch 'n bißchen – Konzertkritiken und so was. Ja, und dann die Arrangements für die Ragtime-Band und andere Kapellen, und schließlich krieg ich auch noch 75 Mark Abendgage und Freibier, wenn wir auftreten.»

«Na sag amal, dann bist du ja a richtiger Krösus!»

Nobel lachte. «Auf jeden Fall würde ich mit dir nicht tauschen ... Musizierst du noch?»

«Mehr schlecht als recht ... Übrigens, du mußt mich nicht ablenken. Ich bin übers Schlimmste schon weg.»

Daraufhin schwiegen sie, bis sie Feuerbach erreichten und Richtung Botnang abbogen. Nach zwei Kilometern verlangsamte Haußmann die Fahrt.

«Jetzt muß es bald kommen», sagte er leise, als ob ihn die Kidnapper hören könnten.

«Dann halten Sie mal hier; ich geh zu Fuß weiter. Kommst du mit?» fragte er den Doktor.

«Na hör mal, ist doch klar.»

Von der Straße mußten sie eine steile Böschung hinabsteigen durch hohes Gras. «Da mäht au koiner meh!» brummte Bienzle.

«Das Heu hätt auch einen viel zu hohen Bleigehalt», flüsterte der Chemiker zurück. Vor ihnen lag jetzt ein schmaler Bach, über den einzelne Stege zu den Wochenendgrundstükken hinüberführten. Langsam gingen die beiden bachaufwärts. Ab und zu konnten sie eine Hausnummer entziffern. Manche der Holzhäuschen schienen bewohnt zu sein, was an den Briefkästen zu erkennen war, die an einfache Pfosten angenagelt waren.

«Da vorn müßte es kommen», flüsterte Nobel.

Bienzle kniff die müden Augen zusammen. Jenseits des Baches zog sich eine lange Hecke hin, die zwei oder gar drei Grundstücke umfaßte. Die Hecke war so hoch und dicht, daß man weder hinüber noch hindurchschauen konnte. «Das Pfadfinderspiel bringt ja nichts», sagte Bienzle und ging auf das Gartentor zu und versuchte, es zu öffnen.

Im gleichen Augenblick schlug drinnen eine schrille Klingel an.

«Bleib du mal im Hintergrund», flüsterte Bienzle.

Schritte näherten sich.

«Ist da jemand?» fragte eine Stimme.

«Mhm», machte Bienzle, «da ist jemand.»

Dem Mann hinter der Hecke schien es die Sprache verschlagen zu haben. Bienzle hörte ein leises Klicken.

«Bienzle mein Name», sagte er laut in die Nacht hinein. «Ich möchte gern Frau Schmiedinger sprechen.»

Noch immer schwieg der Mann hinter der Hecke. «Sind Sie allein?» fragte er endlich.

Bienzle lachte leise. «Machen Sie auf, dann werden Sie's bald wissen. Ich mach Ihnen ein Angebot.»

«Was für ein Angebot?» Der Mann im Garten hatte sich von seinem Schrecken offenkundig noch immer nicht erholt.

«Jetzt mach halt auf!» rief Bienzle gemütlich.

Ein Schlüssel wurde ins Schloß geschoben. «Aber keine falschen Tricks!» sagte die Stimme, bemüht drohend.

«'s gibt sowieso bloß richtige Tricks», sagte Bienzle, «die falsche kennet ja gar net funktioniere.»

Der Lichtkegel einer Taschenlampe erfaßte ihn und suchte dann die Umgebung ab. Bienzle war geblendet; auch als die Lampe erlosch, sah er nur helle Kringel. So entging ihm, wie das Tor aufgestoßen wurde. Er spürte den Lauf einer Waffe in der Seite und brachte nur ein gereiztes «Hano, jetzet!» hervor.

«Los!» zischte die Stimme.

Bienzle ging auf das Haus zu. «Wie viele seid ihr?» fragte er.

«Hände über den Kopf!» war die einzige Antwort.

Bienzle gehorchte. Der Mann fingerte nervös Bienzles Körper ab, fand die Dienstpistole und zog sie nach einigem Gezerre aus dem Schulterhalfter. Dann stieß er den Kommissar vor sich her durch das Tor, warf es mit dem Fuß hinter sich zu, schloß aber nicht wieder ab.

Aus der spaltbreit offenen Tür zum Haus drang warmes, gelbliches Licht auf den Gartenweg. Bienzle stieß sie mit dem Fuß weit auf und trat über eine erhöhte Schwelle ein.

Hannelore lag auf einem Bett im Hintergrund des Zimmers. Ihre Hände waren mit einer Binde an das Bettgestell gefesselt. Sie sah Bienzle an, ohne irgendeine Regung zu zeigen.

«Hinsetzen!» bellte der Mann, der Bienzle hereingebracht hatte. Links von der Tür war ein schöner grüner Kachelofen, um den eine breite Bank herumlief. Bienzle setzte sich auf die Bank und nahm die Hände herunter.

«Hände oben lassen», befahl der Mann.

Diesmal gehorchte Bienzle nicht. Es war ein Versuch, weiter nichts. Sein Bewacher schien keine Notiz davon zu nehmen – oder sich einfach damit abzufinden, daß er sich diesmal nicht durchsetzen konnte.

Bienzle sah sich aufmerksam um. Neben dem Bett, auf dem Hannelore lag, saß auf einem Stuhl ein vielleicht neunzehnjähriger junger Mann mit strähnigen blonden Haaren, dessen Gesicht mit Pickeln übersät war. Der Mann, der Bienzle hereingebracht hatte, mochte vielleicht dreißig sein, großgewachsen, kräftig in den Schultern. Seine Hände waren riesig. Das großflächige Gesicht wirkte derb, die Augen hatten etwas Verschlagenes.

Plötzlich ging die Tür zum Nebenraum auf. Carlo, Sepp Lechners gutaussehender Leibwächter, stand unter dem Türbalken. «Daß Sie uns gefunden haben!» sagte er.

«Wie kommen *Sie* denn hierher?» fragte Bienzle perplex.

«Mit dem Wagen. Ist ja keine Entfernung.»

«Der Sohn Ihres Chefs ist derzeit unser Gast», sagte Bienzle. «Und das Exposé ist entschlüsselt. Keller sitzt, Sepp Lechner wird es wohl kaum anders gehen. Und nun frage ich Sie, was Sie tun wollen?»

«Unsere Chancen haben sich doch verbessert», sagte Carlo, «um hundert Prozent. Bis vor zwei Minuten hatten wir nur eine Geisel, jetzt sind es zwei.»

«Mhm», machte Bienzle.

«Eigentlich bin ich hergekommen, um das Schlimmste zu verhindern – aber dann war das Kind schon in den Brunnen gefallen … Will sagen, Ihr Fräulein Braut war schon entführt.» Carlo grinste.

Bienzle sah ihn scharf an. «Haben Sie was getrunken?»

«Hören Sie mal – sind Sie etwa von der Verkehrspolizei?»

Bienzle wandte kein Auge von Carlo. «Ich dachte nur, Sie sind auf einmal so gesprächig.»

«Also, die Dame war in der Gewalt dieser beiden Gentlemen ...» Carlo mußte über seinen Scherz kichern. «Was war zu tun?» Er baute sich theatralisch vor Bienzle auf. «Die Dummheiten, die ich verhindern sollte, waren schon begangen. Die Verbindung nach München ist abgerissen. Ich komme hierher ... Na ja: Keller bot mir an, gemeinsam mit mir zu versilbern, was er hat. Ich vermutete gleich, daß er vieles davon hier hat, und ich hab recht behalten. Also muß ich mit dem Gepäck da ...» Er stieß die Tür zum Nebenzimmer auf und wies mit dem Fuß auf einen Stapel Kisten und Taschen. «... mit diesem Gepäck muß ich ... das heißt, müssen wir drei verschwinden – Alles klar?»

Bienzle lächelte. «Das letzte Gefecht!»

Carlo sagte: «Dort drüben steht das Telefon. Ich nehme an, Sie haben uns gefunden, nachdem dieser Idiot uns angerufen hat.»

«Ganz recht.»

«Dann ist es nur recht und billig, wenn Sie nun anrufen, um uns dreien die Freiheit zu garantieren.»

«Warum sollte ich das tun?»

«Weil wir sonst diese hübsche Dame da hernehmen – und zwar nach allen Regeln der Kunst ... Glauben Sie ja nicht, wir würden's ungern tun.» Er ging zum Bett und hob Hannelores Rock an, so daß man zwischen ihre Beine sehen konnte.

Bienzle sprang auf, aber der Mann neben ihm schlug sofort zu. Seine Unsicherheit schien in dem Augenblick gewichen zu sein, als Carlo das Zimmer betreten hatte. Bienzle ging in die Knie.

Hannelore stieß einen Schrei aus, als ob sie selbst getroffen worden wäre.

Carlo sagte: «Nicht wahr, Puppe: Wenn du eine Vergewaltigung nicht verhindern kannst, dann entspanne dich und genieße, so heißt doch der weise Spruch.» Er schob ihr jetzt den Rock weit über die Schenkel hinauf.

Bienzle, der am Boden lag, spürte, wie das Blut warm aus seinen Haaren sickerte. Er stemmte sich mühsam auf die Ellbogen hoch. «Was verlangen Sie?»

Carlo wandte sich von Hannelore ab und wieder dem Kommissar zu. «Rufen Sie an und sorgen Sie für freies Geleit. Ich will drei Stunden Vorsprung.»

Bienzle lachte bitter. «Das wollte Keller auch. Es hat keinen Sinn, Carlo – in ein paar Minuten sind meine Kollegen da.»

«Sind Sie denn allein gekommen?»

«Nicht ganz», sagte Bienzle langsam.

«Wie viele?»

«Mein Kollege Haußmann wartet im Wagen.»

«Das Haus ist also nicht umstellt?»

«Noch nicht, nein.»

«Wieviel Zeit ist noch?»

«Haußmann wird Verstärkung anfordern, wenn ich nach dreißig Minuten nicht zurück bin.»

«Und wann sind die dreißig Minuten um?»

«In drei oder vier Minuten.»

«Gut», sagte Carlo. «Es ist die einzige Chance; kommen Sie!»

Bienzle stand sehr langsam auf. «Was haben Sie vor?»

«Sie werden's ja sehen.»

Der Blonde sagte: «Und was ist mit dem Mädchen? Du hast gesagt, ich darf drüber.»

Carlo sah ihn voller Abscheu an. «Du kommst auch gleich mit, Fitze, sonst versaust du uns noch alles.»

«Der Chef hat aber auch gesagt ...»

«Der Chef bin ich!» Carlo packte den blonden Jüngling am Hemdkragen und stieß ihn vor sich her über die Schwelle. «Du paßt auf», sagte er zu dem Grobschlächtigen. «Ich laß die Polizeikarre vorfahren, und dann ruf ich dich – alles klar?» Carlo hatte jetzt einen Revolver in der Hand. Der Mann neben Bienzle nickte.

«Los, Kommissar!» befahl Carlo. «Hände über den Kopf, wie gehabt!»

Bienzle ging auf die Tür zu. Er drehte sich zu Hannelore um und wollte etwas sagen, aber sie drehte den Kopf zur Seite und sah zu Boden.

Eine ohnmächtige Wut ergriff Bienzle. Er blieb stehen.

«Auf geht's!» sagte Carlo ungeduldig. Er stieß Bienzle vor sich her in den Garten.

«Wer hat sie aus ihrer Wohnung geholt?» fragte Bienzle.

«Was spielt das für eine Rolle?»

«Ich will's wissen.»

Carlo hob die Schultern. «Die beiden halt, Fitze und Chris ... Das ist der, der noch bei ihr drin ist.»

Chris hatte seinen Namen gehört und steckte den Kopf durch die Tür. «Was ist mit mir?»

«Nichts, du Schwachkopf!» fuhr Carlo ihn an.

Chris machte einen Schritt vor die Tür. «Spiel dich nicht auf, ja!»

«Keine Bewegung!» sagte eine sehr sachliche Stimme. «Ich steh im Dunkeln, und ihr steht voll im Licht, Genossen. Lauter Zielscheiben.»

Der, den sie Chris nannten, fuhr herum und schoß in die Richtung, aus der Nobels Stimme gekommen war.

Plötzlich war es sehr still. Dann Doktor Nobels Stimme: «Fahrkarte.»

Wieder schoß Chris. Eine andere Waffe antwortete aus der Dunkelheit. Chris stürzte vornüber und blieb liegen.

«Nanu?» sagte Nobel aus der Nacht, «ich hab doch gar nicht ...»

«Aber ich.» Haußmanns Stimme. «Hoffentlich hab ich bloß sein Bein getroffen.»

Fitze rannte blitzschnell in die Hütte.

Hannelore rief von drinnen: «Ernst, Ernst ...»

«Mir ist nichts passiert», rief Bienzle.

«Das kann sich aber schnell ändern», zischte Carlo.

«Augenblick», sagte Bienzle. «Wenn wir gegenseitig aufeinander schießen – was bringt das denn? Sie wollten freien Abzug ... Also!»

«So nicht», sagte Carlo, «*mit* dem Gepäck. Der Vorgang ist einfach. Fitze ist da drin ...» Er schrie jetzt laut: «Fitze, du hältst der Dame die Kanone an den Kopf – von mir aus auch zwischen die Beine ... Ich fahre das Auto vor. Ihr, meine Herren – einschließlich diesem schießwütigen Bullen, der da irgendwo im Garten sitzt –, schleppt das Gepäck raus. Und du, Fitze, hast grünes Licht, wenn die Bullen nicht spuren.»

«Au ja», rief Fitze begeistert aus der Hütte.

Es war ein verzweifelter Versuch, aber Bienzle wußte, daß Carlo damit Erfolg haben konnte.

«Und ich?» wimmerte Chris. Er lag in dem Lichtkeil, der durch die halboffene Tür fiel.

Carlo stieg wortlos über ihn hinweg und ging Richtung Gartentor.

Ein Schuß fiel, schlug gegen das Metall des Tors und schrillte als Querschläger weg.

«Ich knall dich ab!» zischte Chris, der noch immer seine Waffe in der Hand hielt.

«Es ist nicht zu schaffen», sagte Bienzle laut. «Hauen Sie ab von mir aus, aber kommen Sie nicht wieder, Carlo – mit diesem Invaliden hier werden wir fertig, solange Sie das Auto holen, und mit Fitze zweimal.»

Carlo stand wie angewurzelt auf dem Gartenweg.

Plötzlich war der ganze Garten in gleißendes Licht getaucht. «Hier spricht die Polizei ...» klang es überlaut und gleichzeitig von allen Seiten.

Bienzle sah sich rasch um. Nobel lag unter einem Johannisbeerbusch und erhob sich nun vorsichtig. Haußmann kauerte hinter einer Regentonne. «Das Grundstück ist umstellt!» dröhnte es aus den Lautsprechern.

Bienzle sagte schnell in die Pause der Lautsprecherdurchsage hinein: «Waffen weg – ich sage für euch aus!»

Tatsächlich ließ Carlo den Revolver fallen. Chris lag zusammengekrümmt in der Rabatte neben dem Gartenweg; seine Finger öffneten sich langsam, und die Pistole glitt aus seiner Hand und blieb in einem Nelkenbusch hängen.

«Widerstand ist sinnlos ...» brüllte der Lautsprecher.

Bienzle rannte auf das Haus zu. Ein Schuß bellte. Das Geschoß schlug in die Holzwand der Hütte.

«Idiot», röhrte der Lautsprecher, «das ist doch Bienzle!»

In der Dunkelheit hinter den Scheinwerfern hörte man ein paar Männer lachen.

Bienzle erreichte die Schwelle. Hannelore saß halb aufgerichtet auf dem Bett. Fitze kauerte auf dem Fußboden und drängte seinen Kopf gegen ihre Hüfte. Sie streichelte ihn sanft und redete beruhigend auf ihn ein. Zu Bienzle sah sie nur ganz kurz herüber.

«Sie müssen Hannelore Schmiedinger sein», sagte Doktor Nobel hinter Bienzle. Er ging zum Bett und begann sie loszubinden. «Mein Name ist Köberle; ich bin ein Freund von Ernst. Aber eins kann ich Ihnen sagen: Als ich noch bei der Polizei war – ich bin ja zum Glück nicht mehr dabei –, da ging das alles noch viel fachmännischer vor sich. Reiner Dilettantismus, also wirklich! Ich mußte die Kerle ohne Waffe aus der Dunkelheit bedrohen.»

Bienzle nahm Fitze behutsam die Waffe aus der Hand und ging zum Telefon.

«Hallo, ja, ich bin's, Bienzle ... Gächter? Richtig, wer sonst? Also, Hannelore haben wir gefunden, und die Gauner sitzen fest. In einer Stunde im Revier, ja.» Er legte auf. «Haußmann – ist ein Krankenwagen bestellt?»

«Aber sicher.» Haußmann, der Zuverlässige.

27

Bienzles Büro wurde durch das diffuse Morgenlicht erhellt. Hannelore sagte:

«Ich bin das erste Mal in deinem Büro.»

«Stimmt nicht», sagte Bienzle, «damals, als wir uns kennenlernten ... Oder wie war das?»

«Da lag ich im Krankenhaus, und du hast mich besucht. Und gleich beim erstenmal geküßt.»

«Was – im Dienst?» fragte Doktor Nobel.

«Im Dienst!» wiederholte Hannelore nachdrücklich, aber ihre Stimme hatte einen seltsamen Klang. Das Andechser Bier stieg ihr in den Kopf.

«Nun stellen Sie sich mal vor – mich hat man gefeuert und ihn befördert ... Da stimmt doch was nicht!»

«Was stimmt nicht?» fragte Gächter, der durch die Tür kam und sich auf einem der leeren Bierkästen niederließ, weil kein Stuhl mehr frei war.

«Ach, euer ganzer Laden!» knurrte Nobel.

«Wo warst du denn so lange?» Bienzle sah Gächter an.

«Man muß das Eisen schmieden, solange es heiß ist, nicht wahr?»

«Gächter ...?» Bienzle fühlte sich plötzlich nicht besonders gut.

«Ich hab sie gegenübergestellt.»

«Wen?»

«Na ja, Keller und diesen Carlo.»

«Und?»

«Was, und?»

«Laß dir doch nicht die Würmer einzeln aus dr Nas ziehe!»

«Na ja, der Carlo ist nicht gut auf unseren Keller zu sprechen. Schließlich hat der ihm ja die ganze Chose eingebrockt.» Gächter begann sich eine Zigarette zu drehen.

«Weiter», sagte Bienzle.

«Na ja – das Messer, mit dem Poskaya erstochen wurde, stammt aus Kellers Sammlung ... Und er war es auch, der zugestochen hat.»

«Hoffentlich hält dieses Geständnis!» brummelte Bienzle.

Gächter zog ein kleines japanisches Tonbandgerät aus seiner Jackentasche. Er drückte auf einen Knopf. Kellers Stimme vom Band wirkte müde, schleppend, krank. Er begann.

«Ich bin mit dieser Tonbandaufzeichnung einverstanden. Am Sonntag, 22. Juli, erschien Vural Poskaya bei mir. Ich hatte ihn zu diesem Gespräch eingeladen, nachdem er mehrfach darum ersucht hatte. Poskaya war mir bekannt.»

«Woher?» Gächters Stimme.

«Mehrere Wirte ausländischer Lokale hatten mich wissen lassen ... oder meine Leute wissen lassen, daß Poskaya Informationen sammelt. Er soll angefangen haben, die Wirte und Geschäftsleute zum Widerstand aufzustacheln. Er wollte eine ... wie hat er das genannt ... eine Selbsthilfegruppe gegen die Organisation organisieren; ja, das war das Wort.»

Es trat eine längere Pause ein. Dann wieder Gächter: «Er kam also gegen Abend?»

«Ja. Allein, wie vereinbart. Ich bot ihm etwas zu trinken an, aber er lehnte ab. Er wollte sich auch nicht setzen. Ich sagte: ‹Poskaya, Sie stänkern gegen Leute, die das gar nicht mögen.› Er hat nur gelächelt, so auf eine so feine Art, überlegen – ich hätt ihn da schon … Also gut, oder schlecht … Auf jeden Fall, er hat gesagt, er habe jetzt ausreichendes Material, um mich vor Gericht zu bringen … Ich fühlte mich bedroht, und das nicht zu knapp.»

Wieder trat eine Pause ein. Dann Gächter: «Trinken Sie noch was?»

«Ja», sagte Keller. «Mir ist nicht gut … Mir ist gar nicht gut.»

«Erzählen Sie weiter; vielleicht wird Ihnen dann besser.»

«Der Rest ist ja schnell erzählt. Ich sagte: ‹Was wollen Sie überhaupt von mir?› Und da sagte doch dieser eingebildete Türkenlümmel: ‹Hören Sie auf, Keller› … Wörtlich, so hat er gesagt: ‹Hören Sie auf, Keller. Lassen Sie meine Landsleute in Ruhe. Ich bin kein deutscher Polizist, und ich mische mich nur ungern in deutsche Angelegenheiten ein, das bringt sowieso nur Ärger. Aber Sie wissen jetzt, was ich weiß, und deshalb sollen Sie aufhören. Sonst muß ich zu Bienzle gehen. Ich weiß, daß er gegen eure Organisation ermittelt.› – Ich dachte, ich hör nicht recht.

Der erpreßte mich – dieser kleine halbgare Türke mit seinen hinterlistigen Augen, der erpreßte mich! Mich, verstehen Sie, mich: Fritz Keller …! Verstehen Sie das?»

«Warum nicht?» sagte Gächter. «Das ist ja gut zu verstehen. Sie haben also Ihr Messer geholt …»

«Ich hab ihm gesagt: ‹Schauen Sie her, Poskaya, das ist türkische Wertarbeit …›»

An dieser Stelle stöhnte Bienzle auf. Hannelore war mit ein paar schnellen Schritten bei ihm und legte ihm die Arme um den Hals.

Gächter spulte zurück und drückte dann wieder den Abspielknopf.

«‹... türkische Wertarbeit – und dann ...›» Er brach ab.

Gächters Stimme klang kalt und teilnahmslos. Sehr langsam sagte er: «Und dann, Keller, haben Sie zugestoßen!»

«Ja ... Nur einmal; er brach sofort zusammen. Es hat noch nicht mal doll geblutet.»

Bienzle schrie: «Ausschalten! Sofort ausschalten ...»

Gächter drückte auf den Knopf und sagte: «Ist ja gut!»

«Daß du so was kannst», murmelte Bienzle.

«Er war nicht *mein* Freund», sagte Gächter, und nach einer kleinen Pause: «Trotzdem, ich hab's für *dich* getan.» Er stand von der Bierkiste auf und ging zur Tür. «Das Geständnis enthält auch alle weiteren Angaben ... Guten Morgen!»

Gächter zog leise die Tür hinter sich zu.

Felix Huby

Ernst Bienzle, mit Brille, Phlegma und Bauchansatz, mit einer Schwäche für Sauerbraten mit Spätzle und Soße, Kriminalkommissar und Leiter der Stuttgarter Mordkommission, verheiratet, ein Häuschen am Stadtrand ... Mit dieser Figur des schwäbischen Gemütsmenschen ist **Felix Huby**, ehemaliger Spiegel-Korrespondent, mittlerweile erfolgreicher Drehbuchautor, einer der bekanntesten deutschen Kriminalautoren geworden.

Bienzle stochert im Nebel
(thriller 42638)
Oberflächlich betrachtet tut Hauptkommissar Bienzle nichts: Er fragt ein bißchen, er redet ein bißchen und hört zu ...

Bienzle und die schöne Lau
(thriller 42705)
Einen Mörder, der sich beim Mordanschlag selbst ermordet, hat es in Bienzles Laufbahn noch nicht gegeben ...

Bienzles Mann im Untergrund
(thriller 42768)

Bienzle und das Narrenspiel
(thriller 42872)
Männer, Frauen und Kinder in den buntesten Kostümen tanzen durch die Straßen – und ein ausgebrochener Sträfling, der Rache nehmen will ...

Bienzle und der Sündenbock
Kriminalstories
(thriller 42958)

Gute Nacht, Bienzle
(thriller 43066)

rororo thriller

Bienzle und der Biedermann
(thriller 43077)
Fleisch, dessen Verfallsdatum kurz bevorsteht, wird in die Ostländer transportiert. Man macht Profit und kassiert Subventionen ... Kein leichter Fall für Bienzle.

Ach wie gut, daß niemand weiß ...
(thriller 42446)

Der Atomkrieg in Weihersbronn
(thriller 42411)

Sein letzter Wille
(thriller 42499)
Optiker Kissling kämpft gegen die Baumafia in seiner Kleinstadt – bis er eines Morgens mit einem Genickschuß tot gefunden wird ...

Schade, daß er tot ist
(thriller 42584)
«... der beste Huby, der bisher erschienen ist.»
FAZ-Magazin